*La jeune fille et la mère*

# 딸과 엄마

- 한 무슬림 소녀의 명예 살인에 대한 이야기 -

레이라 마루안느(Leïla Marouane) 지음

장니나 옮김

시타델 CITADEL Publishing

크리스티앙 가나쇼(Christian Ganachaud)와
폴 가나쇼-므샹텔(Paul Ganachaud-Mechentel)에게
감사하며…

한 무슬림 소녀의 명예 살인에 대한 이야기

# 딸과 엄마

지은이 _ 레이라 마루안느(Leïla Marouane)
옮긴이 _ 장니나
펴낸이 _ 최병식
펴낸날 _ 2013년 5월 1일
펴낸곳 _ 시타델 퍼블리싱
서울시 서초구 강남대로 435(서초동 1305-5)
www.juluesung.co.kr
juluesung@daum.net

전화 _ 02-3481-1024
전송 _ 02-3482-0656

값 10,000 원
ISBN 978-89-91482-22-7 03860

「이 도서의 국립중앙도서관 출판시도서목록(CIP)은 서지정보유통지원시스템 홈페이지(http://seoji.nl.go.kr)와
국가자료공동목록시스템(http://www.nl.go.kr/kolisnet)에서 이용하실 수 있습니다.(CIP제어번호: CIP2013002894)」

잘못된 책은 교환해 드립니다.
이 책은 한국연구재단(HK연구사업)의 지원을 받아 수행된 연구입니다.(NRF-2007-362-A00021)

신은 잘 아신다.
누군가의 아내가 된다는 것은 평탄한 길이 아님을
- 윌리엄 포크너(William Faulkner)의 『8월의 빛』에서

**차 례**
La jeune
fille et la
mère

옮긴이의 말
La jeune
fille et la
mère

　2008년 1월, 인문사회학 관점에서 프랑스 지중해지역을 연구하기 위해 방문했던 남프랑스 마르세유(Marseille)에서 유럽-지중해 프로젝트의 일환으로 창설된 마르세유 지중해여성 포럼이 주관하는 지중해여성 소설 콩쿠르를 접하게 되었다. 여기서 심사위원장인 레이라 마루안느에 관해 알게 된 나는 단숨에 파리로 돌아와 그녀의 소설들을 뒤적었다. 특히 저명한 문학상(장-클로드 이조 상 등)을 수상했다는 〈딸과 엄마〉라는 제목이 눈에 들어왔고, 파리의 작은 호텔방에서부터 읽기 시작한 이 작품을 현지조사를 마치고 돌아오는 비행기 안에서까지 빛의 속도로 읽어 내었다. 작고 여린 소녀의 고통이 전해져 마음이 무척 아팠고 꼭 번역해보고 싶었다.

　알제리 소녀 자밀라는 나의 파리 유학시절의 다정한 알제리 친구였던 께하와 아멜을 떠올리게 하는 친근한 인물이다. 이 소녀의 가부장적인 사회, 여성의 억압, 전통과 인습의 무게를 벗어나고자 하는 노력들은 우리사회 할머니 세대에 있음직한 낯설지 않은 이야기이기도 하다.

　오늘날 여성의 지위가 많이 향상되었다고는 하지만 아직도 우리가 호흡하는 지구상에는 여성으로 태어났다는 이유만으로 차별과 학대에서 자유롭지 못한 숨겨진 이야기가 있다는 것을 잘 알고 있다. 우리는 머나먼 알제리 소녀 자밀라의 이야기를 들으며 모든 여성이 행복해지기를 간절히 원한다.

2013. 4.
장 니 나

# 엄마

아버지는 그동안 내가 저지른 '범죄'를 줄곧 지켜보고 있었을지도 모르겠다. 왜냐하면, 그 길은 그가 늘상 다니던 길도 아니었고 선호하던 길도 아니었기 때문이었다. 누군가 나를 밀고하였고, 아버지는 그 순간을 기다렸다는 듯이 그 범죄현장에 나타났던 것이다. 그 순간에 아버지는 아무런 행동도 하지 않았다. 나 또한 재빠르게 아버지의 시선을 피하는 것 말고는 다른 행동을 할 수 없었다.

아버지는 우연을 가장한 치밀한 방법으로 그곳을 기습하여 나를 '현행범'으로 붙잡아 아무런 변명도 할 수 없도록 모든 것을 계획한 것이 분명했다. 그렇다면 죄를 묻기 위해 나를 죽이려는 결정은 번복되지 않을 것이다. 어쩌면 그 결정은 아버지가 예상했던 것 보다 더 빨리, 가장 합법적인 방식으로 진행될 것이다. 그것은 너무도 분명하게 우리의 알라(Allah)[1] 앞에서 그리고 여자들을 단죄하는 남자들 앞에서 이루어질 게 분명했다.

---

1) 이슬람교의 신.

나는 잠시 지난날을 돌이켜보았다. 그 중심에는 엄마가 있었다. 엄마는 그동안 아버지의 결정에 어떠한 영향력도 행사할 수 없었음에도 불구하고, 마치 늙은 노파가 남아 있는 삶에 집착하듯, 결국 그러한 것이 허망한 것임을 알면서도 내 운명이 종교적 전통과 인습의 굴레에서 벗어나 자유로운 여성이 되기를 바랐다. 그녀는 내가 교육을 받고 지성인이 되어 당당하게 살 것임을 조금도 의심하지 않았다. 내가 이곳을 떠나 대학에 들어가고, 그리고 더 멀리 날아가기를 원했다. 엄마는 자신의 딸이 위로는 달을 향해 날아가고 아래로는 저 깊은 바다 속으로 들어가길 원했던 것이다. 그게 하늘이든 바다이든 그곳에는 언제나 담쟁이덩굴처럼 자유가 치렁치렁 늘어져 있는 곳이리라.

그녀는 내가 당당하게 머리를 치켜든 채 그 누구에게도 간섭받지 않는 자유로운 여성으로 살기를 원했다. 내가 혼자서 당당하게 미래를 헤쳐나갈 것이라고 생각했던 것이다. 그런 탓에 내가 '현행범'으로 아버지에게 발각되는 사건 이전인 그러니까 내가 6학년 진급시험을 불과 3~4일 앞둔 그 즈음에, 나를 저명한 기숙학교에 보내기로 아버지로부터 약속을 받아 두었다.

그것은 결혼하고 처음으로 엄마가 아버지에게서 얻어낸 성과물이었다. 그만큼 엄마의 생각과 현실에는 많은 괴리가 있었던 것이다. 그 진급시험은 독립[2] 직후에는 상급학교로 진학하기 위한 필수시험이자 최고로 중요한 시험이었다. 내가 입학하게 될 리세[3]는 수도에서도 가장 아름다운 거리에 위치하고 있으며, 우리의 보금자리인 오아시스에서 멀리 떨어진 곳이다. 나는 그곳에서 7년을 공부하게 될 것이며 바슐리에르[4]가 되어 누구와도 맞설 수

---

2) 프랑스로부터 알제리가 알제리독립전쟁(1954~1962)을 거친 후 독립된 시기임.
3) 당시 중·고등학교 통합학교로 오늘날은 고등학교임.
4) 바칼로레아를 합격한 대학입학자격을 취득한 자임.

있게 단단히 무장을 한 채로 세상을 향해 승리의 개가를 부를 준비를 갖추게 될 것이었다. 이 학교에 다니는 프랑스 명사들의 딸보다 내 딸이 못한 게 무엇이겠는가! 그것이 바로 엄마의 꿈이었다. 어쩌면 자식을 가진 부모로서 최고의 영예에 속하는 일이었다.

- 너는 내 전철을 밟아서는 안 돼!

엄마는 그렇게 말하고도 성이 차지 않는지 집게손가락을 강하게 흔들며 덧붙였다.

- 아, 결코 안 되지!

- 암, 절대로 안 되지.

나는 메아리치듯 엄마를 따라 중얼거렸다. 그 순간 나는 엄마의 목에 걸린 금으로 된 펜던트 - 엄마의 유일한 보석인 처녀상 - 를 곁눈질했다. 엄마는 어느 순간부터 조국을 구한 잔(Jeanne)[5]이란 애칭으로 통했다. 그리고 그 펜던트는 그것을 상징하는 것처럼 보였다.

- 내 눈을 똑바로 쳐다봐.

엄마는 말을 이어갔다.

- 대답해, 너는 나를 역할모델로 삼지 않겠다고. 너는 첫 남자의 품에 너를 내맡겨선 안 돼. 너는 결코 지고뉴 아줌마[6]가 되어선 안 된단 말이야.

내 시선이 엄마의 붉고 짙은 눈썹에서 시작되어 코를 가로질러 광대뼈부분을 덮고 있는 주근깨에 멈췄다. 거기에 엄마의 눈이 자리하고 있었다. 나는 엄마의 눈을 계속 바라볼 수 없었다. 그녀의 눈은 짙은 초록색이었고, 흥분하여 희번덕거리는 상처투성이 눈이었다. 결코 현실에 굴복하지 않겠다

---

5) 프랑스와 영국간 백년전쟁에서 프랑스를 구한 처녀 잔 다르크를 지칭함.
6) 치마밑에서 많은 아이들이 나오는 인형극의 인물로 자식 많은 여자 혹은 많은 아이들에 둘러싸여 있기를 좋아하는 여자를 지칭함.

는 강렬한 의지 같은 것이 그 눈에 담겨 있었다. 때문에 나는 차마 다른 대답을 할 수 없었다.

- 아니에요, 안 그럴게요.

나는 반복적으로 대답했다. 그 순간 나는 진지했다. 사실 나도 엄마와 비슷한 운명을 조금도 염두에 두지 않고 있었다. 계속되는 임신과 반복적인 유산. 그리고 강요된 부부생활, 강제 이혼, 거기다가 끊임없이 여자를 지치게 하는 자질구레한 집안일들. 자신의 의지는 없고 남편 마음대로 움직여야 하는 수동적이며 실망감을 주는 삶을, 누가 좋아하겠는가. 할 수만 있다면 모두 도망치고 싶은 삶의 전형이 바로 엄마가 살아온 길이 아닌가.

하지만, 나는 성공적으로 학업을 마치고 엄마의 바람처럼 달을 향해 날아가고, 바다 속까지 여행한다는 생각은 하지 못했다. 심지어 성공의 대명사인 회계사[7] 사무소가 나를 스카우트할 만큼 재능을 갖춘 사람이 될 것이라고는 기대하지 않았다. 적어도 엄마처럼 굴욕적인 노예생활을 하지 않겠다는 소박한 의지 정도가 나를 지배하고 있었던 것이다.

사실, 학교도 늦게 들어갔다. 다른 아이들보다 최소한 2년 정도는 늦었다. 그것은 내가 학교입학을 하지 못할 만큼 지능이 모자라서가 아니었다. 아버지의 실수 때문이었다. 아버지는 나를 학교에 입학시켜야 한다는 사실을 잊고 있었던 것이다. 그러고도 아버지는 자신의 남자형제들과 친구들 앞에서 나의 늦은 취학을 떠벌리며 웃었다. 그만큼 아버지는 나를 '가볍게, 그리고 하찮게 생각하고 있었던 것'이다. 그것은 오직 내가 여자라는 이유 때문이었을 것이다.

솔직하게 말해서 나의 학교생활은 성공적이지 못했다. 나는 공부에 흥미

---

7) 선호하는 직업군 중의 하나임.

가 없었다. 엄마는 그 사실을 전혀 이해하지 못했다. 읽지도 쓰지도 못하는 엄마가 어떻게 내가 학습 지진아라는 사실을 알 수 있겠는가. 단지 내가 학교에 다닌다는 사실만으로도 엄마는 근거 없고 열정적인 희망에 부풀어 있었던 것이다.

- 네가 어떻게 학교의 중요성을 알 수 있겠어.

엄마는 기회가 있을 때마다 나에게 교육의 힘과 위력에 대해 설파했다.

- 심지어 혁명조차도 교육을 받은 사람들에 의해서 이루어져야 하지. 배우지 못한 사람들이 주체가 된 혁명은 절대 그 빛을 볼 수 없고, 세상 또한 그들로 인해서 전혀 진보되지 않을 테니까. 왜 독재자들이 교육을 흑사병처럼 두려워할까 생각해 보았니? 왜 교육받은 자들을 악착스레 붙잡고 고문하며 형을 집행하거나 감옥에 오래토록 가두어 둘까. 왜 그럴까. 그것은 그들 머릿속에 가지고 있는 지식 때문이지. 그 지식은 그 사람이 살아 있는 동안은 언제든지 나타나 세상을 향해 변화를 요구하기 때문이야. 너도 한 번 생각해 봐라. 내가 공부만 했더라도 이처럼 네 아버지에게 질질 끌려 다니면서 살았을까? 네 아버지가 나를 막 대하는 이유도 다 내가 배우지 못했기 때문이지. 내가 공부만 했었다면 네 아버지는 나를 전혀 다른 사람으로 대했을 거야. 마치 신을 대하듯 나를 잃어버릴까 두려워하는 마음 속에서 불안해했을 거라고. 그렇다고 너 까지 나를 무시하면 안 돼. 나도 한 때는 '제벨(djebels)[8]의 잔 다르크'라고 불릴 만큼 잘 나갔어. 그때는 남자들이 내 앞에서 머리를 조아렸지.

엄마는 식민지 정책이 한창인 시절이었던, 1940년대 초에 태어났다. 당시 누구나가 그랬던 것처럼 엄마는 교육을 받지 못하였다. 엄마는 간신히 메데

---

8) 산. 산악지역.

르사(medersa)[9]의 한 자리를 차지하였는데, 이 종교 학교들은 공인받은 학교가 아니었다. 식민지를 지배하는 사람들의 시선을 피하여 몰래 종교 교육을 하던 곳이었다. 하지만 엄마는 코란 몇 장과 서체법에 관한 몇 가지 개념만을 배우고 그곳을 떠나야 했다. 엄마가 열 한 살이 되었을 무렵 독립전쟁이 발발했기 때문이다.

그때, 엄마는 이제 막 여성미가 자리 잡기 시작했는데, 종교와 관례에 따라 얼굴을 가리는 베일을 쓰고 시선을 내리 깔면서 남자들을 찾아야 했다. 집안의 남자들은 코밑수염을 살랑거리며 자신들이 결혼할 적령기라는 것을 은근히 엄마에게 알려주었다.

어찌 보면 엄마의 선택은 단순한 것이었다. 널리 만연되어 있는 사회 인습에 복종하는 수 밖에 없었다. 하지만 엄마는 한편에서 도발을 꿈꾸고 있었다. 엄마는 어떤 남자의 뒤에 숨어서 좀처럼 헤어날 수 없는 인습의 구렁텅이 속으로 빠져들고 싶지 않았던 것이다. 그 인습이 자신을 짓밟게 내버려둘 수 없었던 것이다. 그녀는 이미 엄마가 된 두 언니들의 유폐되고, 진저리나는 삶과는 다른 방식으로 살기 위해서 자신의 고향을 떠나고 싶어 했다. 자신을 옭죄고 있는 모든 억압들에 대항하고 싶었던 것이다. 이를 알고 있었을까.

- 너는 이곳에 익숙해질 것이다.

외할머니는 엄마의 이런 도발에 제동을 걸었다.

- 가리는 천 없이 도시를 다닌다는 것이 너에게 악몽처럼 다가오고, 드러내지 않는다는 것이 얼마나 편안하고 안락한 것인지를 곧 알게 될 게다.

- 시대는 변하고 있고 나는 결코 엄마처럼 살지 않을 거야. 엄마가 얼마나

---

9) 마그레브 지역의 이슬람학교.

불쌍한 삶을 살고 있는지 깨달았으면 좋을 것을. 불쌍한 우리 엄마.

엄마는 외할머니에게 그렇게 대꾸했다. 그녀는 분명 다른 삶을 꿈꾸고 있었고, 그것을 잊지 않기 위해 끝없이 자신에게 속삭였다.

- 나는 여성을 옭죄는 캐미솔 같은 굴레 없이 살아가고 싶다. 나에게는 새로운 공기와 자유가 필요해. 나는 곧 그런 곳으로 갈 수 있을 거야.

하지만, 그녀는 그렇게 할 수 있는 방법을 찾지 못했다. 그녀뿐만이 아니었다. 그 시대의 모든 여자들이 모두 그렇게 살아가고 있었던 것이다. 그래도 엄마는 자신의 운명을 바꿀 기회를 찾아서 끝없이 주위를 두리번거렸다. 그리고 어느 순간 그 기회가 그녀에게 다가왔다.

매번 변죽만 울리다가 예외적으로 남자들이 주도했던 1년간의 전투가 벌어지고 난 이후, 남자들은 여자들의 존재를, 특히 여자들의 용감함을 간절하게 원했다. 그래서 그들은 여자 전투원을 모집하기 시작했다. 가장 완고한 외할아버지조차 나라를 위해 싸우는 영웅들의 모집에 반대할 수는 없었다. 영웅 모집은 빠른 속도로 이루어졌다. 엄마는 영웅으로 선택되는 축복을 누렸다. 변변한 군사훈련도 받지 못했지만 국가와 자유를 위해서는 죽을 각오가 되어 있었기 때문에, 엄마는 단번에 그 지역 내에서 가장 인기 있는 연락장교가 되었다.

민족해방전선에서 준 화려한 무도화와 맞춤복을 입고 일찍이 본 적 없는 유럽여성으로 변장한 엄마는 특유의 고집스런 빨간 머리카락과 다루기 힘든 성격으로, 알타반(Artaban)[10]처럼 용감하게 도시를 누비고 다녔다. 그녀의 머릿속에는 어린 나이와 부족한 경험 때문에 도무지 이해하기 어려운 메

---

10) 용감무쌍함을 뜻함. 전설에 따르면 아르사케스왕조의 파르티아왕의 다른 이름이며 작가 고티에 드 라 칼프르네드의 소설 『클레오파트라』에 나오는 영웅의 이름이기도 함.

시지들이 가득 담겨 있었다. 또한, 전달해야 할 삐라나 보고서는 코사쥬로 장식하고, 핸드백에는 하나 가득 돈을 채웠다. 그 돈은 작전비용이거나 전투에서 죽은 레지스탕스 가족들을 부양하기 위한 자금이었다. 그곳에는 그녀의 자유가 있었다. 힘들고 어려운 일이었지만 자유를 누릴 수 있다는 것. 엄마는 그것을 충분히 즐기고 있었던 것이다.

- 나는 그 당시에 그 어떠한 것도 두렵지 않았다.

엄마는 가끔 나에게 말했다.

- 어떠한 것도 나를 멈추게 할 수 없었지. 무시무시한 고문도, 심지어 죽음조차도 나를 가로막지 못했다. 자유가 얼마나 소중한 지를 깨달았기 때문이었다. 그 당시에 나는 남자들 - 아버지, 삼촌들, 남자형제들, 남자사촌들, 남자 이웃들 - 이 자유롭지 않다면 나도 결코 자유롭지 않을 것이라고 생각하고 있었다.

엄마는 마치 무엇인가에 홀려 있는 듯, 나지막한 목소리로 이야기를 마쳤다. 마치 지금의 현실을 떠나서 그 시절로 돌아가는 듯한 표정이었다. 그만큼 엄마는 그 당시가 자랑스러웠던 것이다.

그렇게 1년이 흐른 뒤 한 겨울에 누군가 적군에게 엄마를 밀고해 버렸다. 엄마와 가족들은 극심한 추위에도 불구하고 조상들이 물려준 산악지대 소작지를 버리지 않고 일구어 살아가고 있었다. 베르베르인[11]들이 거주하는 산속에 살고 있는 대가족은 차츰 일종의 레지스탕스 사령부로 변모되었다. 엄마는 그곳에서 변함없이 연락장교 활동을 하고 있었던 것이다. 밀고는 엄마와 가족들에게 참혹한 고통과 많은 것을 빼앗기는 아픔을 가져다주었다.

---

11) 북아프리카의 유목민.

하지만, 엄마는 그것을 멈추지 않았다. 그것만이 최선이라고 생각했고, 그녀가 최선이라고 생각한 이상 죽음조차도 그녀를 막을 수는 없었던 것이다. 하지만 그것으로 끝난 것이 아니었다.

2년이 흐른 뒤에 또 다시 밀고가 있었다. 엄마 가족의 은신처를 일러바친 두 번 째 밀고자는 그 전보다 더 악랄했다. 죽어서야 잊을 수 있는 그 악한(惡漢)의 이름을 덮어 두려고 한다. 엄마 가족은 다시 붙잡혔으므로 전보다 더 심한 약탈과 고문이 이어졌다. 그것은 차마 말로 표현할 수 없을 정도였다. 그 고통은 엄마의 첫 보석인 귀걸이를 빼앗긴 가장 '애교스러운' 부분부터 엄마가 강간을 당할 뻔한 가장 고통스럽고 참혹한 경험까지를 모두 아우르는 것이었다.

다행히 엄마는 정조를 지킬 수 있었다. 그 어떤 남자의 물건도 엄마의 그 소중한 살 속으로 들어오지 않았던 것이다. 전신의 노출은 창피한 것이었지만 그래도 그곳에 그 누구도 침입하지 않았다는 것은 중대한 의미가 있었다. 엄마가 정조를 지킬 수 있었던 것은 청각이 불편한 한 피에누와[12] 장교 덕택이었다.

- 장교가 극적으로 개입 했을 때 군인들은 이미 내 옷을 벗긴 후였고 막 강간이 이루어지려던 찰나였다. 무척 창피하기도 하고 죽고 싶을 정도로 무서웠단다. 하지만 누구도 나를 도와줄 수 없었지. 심지어 그곳에 나의 아버지가 있었지만 아버지가 무엇을 할 수 있었겠니. 그조차 온 몸에 심한 고문을 당하고 결박당한 상태였는데. 얼마나 고문을 당했는지 속옷까지 피로 물들었었지.

엄마는 가끔씩 흐느끼며 이야기를 이어나갔다. 그 소리는 웃는 소리도 아

---

12) 프랑스어로 검은 발이라는 뜻이며, 마그레브에서 출생한 유럽인을 일컫는 표현임.

니고 일종의 비명, 그렇다. 금속성의 외침에 가까운 탄식 같은 것이었다.

- 나는 탈진한 것보다 더 무기력했단다. 마치 송장처럼 누워 있었던 거지.

엄마는 입술 안쪽을 강하게 깨물며 말을 이어나갔다. 마치 그 장면이 지금 바로 눈앞에 펼쳐지는 것처럼 몸을 떨기까지 했다.

- 너는 외할아버지가 모든 것을 체념한 표정으로 나를 바라보던 시선을 이해할 수 있겠니?

외할아버지는 마지못해 엄마를 위기에서 구한 장교의 요구로 딸을 그의 손에 넘겨주어야 했다.[13] 문서로 작성한 것도 아니고 말로만 이루어진 것이기에 반드시 지킬 필요가 없었는데도 고지식한 그 장교는 엄마를 얻었다는 만족감에 허세를 부렸다. 말조차 횡설수설하는 것 같았다.

- 나는 그녀를 파리로 데려갈 겁니다, 비행기로. 아! 매력적인 그녀는 비행기를 타게 될 거예요. 그녀는 하늘을 날게 될 거고. 그녀는 행복할 겁니다. 결코 어떤 무어 여성[14]도 누려보지 못한 그러한 행복감을 그녀는 느낄 겁니다. 그리고 그녀는 행복하다는 편지를 당신에게 보내겠지요. 얼마나 멋진가요. 프랑스 파리에서 당신의 딸이 편지를 한다는 사실이.

무슬림은 무슬림이 아닌 사람과는 결혼을 할 수 없었다. 따라서 그 장교가 엄마와 결혼하려면 당연히 개종을 해야 했다. 하지만, 그 장교는 자신을 상아용사이자 멧돼지 포식가[15]라는 생각에 빠져 있을 것이므로 개종 같은 일은 일어나지 않을 것이다. 당연히 엄마와의 결혼도 그다지 심각하게 생각하지 않을 게 분명했다. 그 남자는 여자를 구했다는 허세만을 누리고 싶었을 것이다.

---

13) 결혼을 승낙하는 의미임.
14) 무슬림 여성.
15) 무슬림은 율법에 의해 돼지고기를 먹지 않으므로 돼지고기를 먹는 비무슬림을 일컫는 표현임.

장교가 자신의 바람과는 달리 엄마를 놔 둔 채로 떠나버리자, 외할아버지는 괜한 분풀이로 엄마를 심하게 매질하였다. 엄마가 군인들과 장교를 유혹했기 때문에 일어난 일이라고 몰아붙인 것이다. 더 이상 엄마의 색정을 다스릴 수 없다고 떠벌리면서 외할아버지는 엉뚱하게도 엄마를 농장의 일꾼에게 시집보내기로 작정했다. 그는 고아이며 이제 막 성년이 된 조금 모자란 청년이었다.

　민족해방전선을 동경했던 엄마는 두 사람들 중에 어느 누구도 원치 않았으므로 레지스탕스 활동을 계속 하기로 마음먹었다. 만약 신이 엄마를 적에게 체포되게 하거나 머리에 피해를 입히지만 않는다면 엄마는 이미 수행한 레지스탕스 활동에 대한 증거만 가지고도 충분히 다마스커스나 카이로에서 공부할 수 있었던 것이다.

　사실, 엄마는 어린 시절에 학교를 향해 종종 걸음으로 등교하는 어린 유럽소녀들을 바라보며 무척 부러워했다. 그래서 공부를 시작하도록 해준다는 약속보다 더 큰 기쁨은 없었다. 만일 어떤 불길한 기운이 엄마의 출발을 망치러 찾아온다면 엄마는 평원과 산을 가로지르고 추위와 야생개들과 맞설지라도 즉시 뿌리칠 수 있었을 것이다.

　외할머니는 엄마 편이었다. 외할머니는 엄마에게 누더기를 걸치게 하고 얼굴에는 잿빛 그을음을 바르고 낡은 머플러를 머리에 둘렀다. 그리고 외할아버지가 일꾼들을 시켜서 서둘러 마련한 결혼 혼수품 중에서 이상하게 꾸민 구두를 발에 신겼다. 이렇게 엄마는 이곳저곳을 방랑하는 미친 노파로 변장을 하고 길고 힘든 여정을 향해 나아가기 시작했다. 통행증도 하나 구했는데, 그것은 바로 〈기만의 땅〉인 이곳 토착민의 것이었다.

어느덧 밤이 되자 밤하늘을 향해 짖던 개들이 지쳐서 혀를 늘어뜨리고 있을 때, 여기저기에서 늑대들의 울부짖는 소리를 들으면서 엄마는 삶과 전쟁이라는 전혀 다른 세계로 떠났다. 그녀는 자유를 향해서 그전에 자신이 가지고 있던 많은 것들을 지워야 했다. 전혀 다른 사람의 통행증을 가지고 자신의 나이보다 훨씬 많은 노파의 복장을 하고서야 비로소 자유를 향한 여행을 할 수 있었던 것이다. 그만큼 그녀에게 자유란 어렵고 힘든 이름이었던 것이다. 그때 엄마는 열 여섯 살의 처녀였다.

엄마는 머지않아 잔 다르크라는 별명을 얻었다. 그녀는 지상에 있는 아지트를 구축하였고, 국경인 모리스 라인에 있는 전선을 절단하였다. 하지만 엄마는 더 이상 날아가지 못했다. 아버지와의 만남이 엄마를 기다리고 있었던 것이다. 그것은 민족해방전선에서 보증했던 엄마의 학업계획에 종지부를 찍게 되는 결과를 가져왔다. 그것만 없었더라면 엄마는 공부를 계속 할 수 있었을 것이다. 아버지는 엄마에게 전쟁이 끝나면 공부를 하게 해주겠다고 약속했다. 하지만 마침내 독립이 되었을 때, 엄마는 나의 오빠를 가진 만삭의 몸으로 고향으로 돌아와야 했다. 엄마는 전혀 환영받지 못했다. 같은 부족 사람들은 엄마에게 증오와 악감정을 쏟아냈다. 제 고집대로 결혼한 여자, 아버지 허락 없이 가출한 여자, 자매들의 앞길을 가로막은 여자라고 욕설을 퍼부었던 것이다.

나는 엄마의 이런 운명을 닮지 않기 위해 발버둥을 쳤지만 부지불식간에 그 운명을 닮아가고 있었다. 작가가 되어서 내가 쓴 책들과 살아갈 것을 확신했지만, 나는 어느 순간 도자기 제조공이 되기로 했다. 이러한 결정엔 나의 남자형제들이 관여했다.

어느 날, 오빠들의 학교에서 점토로 재떨이를 만드는 것을 도와주면서 내 작품을 만들어보게 되었는데, 삐딱하게 생긴 물 식히는 질그릇이 나를 사로잡았다. 엄마가 밑도 끝도 없는 싱거운 농담을 늘어놓을 때면 나는 오브제를 만들고 채색하면서 내 삶을 얻게 되리라는 생각에 집중했다. 어느 카탈로그에서 발견한 화가 마티스처럼 나는 유쾌한 색상들로만 채색하기를 꿈꿨다. 그것은 〈안락한 의자처럼 마음을 가라앉혀주는 그러한 색상들〉이었다.

갈매기, 수평선 너머에 피어나는 무지개, 푸르른 물위에 노니는 하얀 백조들, 비옥한 초원 위를 날고 있는 황금 나비들, 빛나는 양 우리 속에서 자개처럼 반짝이는 어린 암양들이 내 심상 위로 날아들었다. 나는 그것을 황홀한 눈으로 바라볼 수 있었다. 현실에서는 볼 수 없지만 언젠가는 가고 싶은 그런 세계.

나의 오빠들은 또래 여자들과는 다른 〈나의 유별난 태도〉를 보면서 내가 장차 세상을 종횡으로 누비고 다니게 될 것이라고 확신에 찬 음성으로 말했다. 나도 그 소리가 싫지 않아서 나는 부유하고 유명해질 것이다, 라고 그들에게 응수했다. 엄마의 어휘에 따르면 내가 〈여왕처럼 당당하게〉 대꾸했다는 것이다.

그렇다고 해서 내가 사랑 없는 미래를 꿈꾼 것은 아니었다. 나는 남자 없는 세상을 상상하지 않았다. 내가 꿈꾸는 남자는 나처럼 제조공이 되고, 나처럼 파스텔 색깔과 백조, 어린 암양을 좋아하는 바로 그 남자였다. 그는 천사의 날개처럼 부드러우면서도 헤라클레스처럼 힘이 강한 남자로 보였다. 무적의 그는 세상을 뒤덮고 있는 악당들과 파렴치한들로부터 나를 보호해줄 것이다. 때로는 친구처럼, 연인처럼, 그리고 오빠처럼.

당연히 나는 사랑이란 기쁨과 유머가 넘치는 우리 둘만의 삶이라고 믿었다. 자고, 먹고, 꿈꾸고, 울고, 걷고, 웃으면서 모든 것을 함께하는 삶. 그 해에 우리 둘은 동일한 방향을 바라보는 그런 삶이었다. 엄마처럼 복종만 있고, 무시만 있고, 억압만 있는 그런 삶은 사랑이라는 이름을 단 한순간도 붙일 수 없는 것이었다. 나는 내가 좋아서 그와의 관계를 유지하고 있었다.

내가 그런 생각에 젖어 있을 때도 엄마는 결혼은 우리가 교육을 받았을 때, 우리가 최고의 자리에 있을 때, 부득이한 수단으로 전락한다고 말했다. 나의 학위들이 내 인생을 공유할 누군가를 결정할 수 있는 선택권을 부여한다는 것이다. 그리고 만약 나의 높아진 눈 덕분에 어느 누구도 발견하지 않는다면 결혼을 그냥 지나칠 수도 있다고 말했다. 그것이 나에게 더욱 중요한 선택이 될 지라도.

엄마는 결혼이나 성의 역사와 관련되어 있는 말을 할 때는 거의 울부짖었다. 머리를 연신 끄덕이며 혐오, 혹은 근심과 비천한 일을 표현하는 듯한 표정이었다. 또한 결혼하는 순간 모든 아름다운 것은 지나가고 끝나는 것이라고 덧붙였다. 거기에는 어김없이 남자에 대한 증오가 있는 듯했다.

엄마는 남편이란 부인에게 해를 끼치기 위해 이 세상에 온 사람이라고 생각했다. 또한 결혼한 여자란 남자의 정자를 받아들이는 사람이며, 조산아의 보금자리일 뿐이라고 말하며 아버지의 어깨 너머로 침을 뱉곤 하였다.

그런 까닭에 엄마는 나를 결혼시켜버리려는 아버지의 생각을 용인하지 않았다. 엄마는 결혼에 관한 한 아버지의 모든 의견에 반대했다. 하지만 고작 열 네 살이었던 나는 아버지의 집을 떠나기 위해 어떤 일을 해야 하는지 알지 못했다. 하지만 그녀는 그것을 알고 있었던 것이다.

## 2. 현 행 범

        그로부터 얼마만큼의 시간이 지났을까. 아마도 30여 년은 지났을 것이다. 그때 당시 절정에 이른 냉전으로 국민을 위한 민주적인 요소가 담긴 사회주의가 최고조에 달했으며 그것으로 인해 토지, 산업, 문화 부분에 걸친 개혁의 물결이 사납게 온 나라를 휩쓸었다. 그런 혼란스러움을 흉내 내듯 아버지가 그 공원에 나타났던 것이다. 그때가 내 인생에서 최고로 혼란스런 시기였다.

    나는 그때 동네 목공소에서 일하는 가구제조 견습공에게 당하고 있었다. 그는 비탈진 곳 뒤에 있는 나무 몸통에 나를 밀어 붙였다. 그리고 놀랄만한 속도로 나의 가슴과 배, 그리고 허벅지에 있는 옷들을 걷어냈다. 그리고 그는 바지를 미처 벗지 못하고 발목에 걸친 채 놀랄만한 집중력으로 작업에 열중했다.

    - 아버지….

    나는 소리를 지르려고 했다. 하지만 그 어떤 소리도 나의 목구멍을 통과하지 못했다. 왜냐하면 가구제조 견습공은 나의 아랫도리와 가슴에 마치 거

머리처럼 찰싹 달라붙어서 간질병 환자가 발작을 하듯 계속 헐떡거리고 있었기 때문이었다. 그는 변태적인 인간들이 자신을 뜨겁게 하기 위해서 소리치는 이상한 소리를 연신 중얼거렸다. 그 순간에 아버지는 아무런 행동도 하지 않았다. 그 길은 그가 늘상 다니던 길도 아니었고 선호하던 길도 아니었다.

그리고 아버지가 나에게로 왔고, 나는 간음하다가 현장에서 붙들린 사마리아 여인이 되어 아버지의 심판을 기다리게 된 것이다. 나는 아버지를 보자마자 쓰러져버렸다. 그리고 곧 혼수상태에 빠져들었다. 얼마나 시간이 지났을까. 내가 깨어났을 때 가구제조 견습공의 모습은 보이지 않았다. 개나 쥐가 사람들이 나타나면 도망치듯이 어느 샌가 사라져버린 것이다. 헐떡거리면서 내 몸의 어딘가에 자신의 것을 밀어 넣고 목적을 달성하기 위해서 헐떡거리던 모습이 모두 꿈같이 느껴졌다. 먹을 것을 먹고 나서 도망치듯이, 아니 몰래 훔쳐 먹다가 사람들이 나타나자 도망친 쥐나 개들처럼 그는 나만 남겨놓고 어딘가로 사라져버린 것이다.

꽤 많은 시간이 지난 것 같았다. 내가 쓰러져 있는 동안에도 태양은 계속 움직였고, 그 노력만큼 깊은 그늘을 만들었기 때문이었다. 아버지는 언제나처럼 나와 마주했다. 너무 태연한 표정이었다. 그 표정 위로 오버랩 되듯 어디선가 괴롭고 슬픈 듯한 표정으로 사람들이 말하는 소리가 꿈결처럼 들리는 듯했다.

- 그녀는 곧 공개적으로 참수당할 거야.

나는 한동안 노출된 몸을 가릴 생각도 하지 못하고 그대로 있었다. 하지만 언제까지 그대로 있을 수는 없었다. 요령부득인 상황을 어떻게든 벗어나야 했다. 나는 공원 가로수 길을 산책하는 사람들의 인기척을 의식하면서 조금씩 나의 손을 움직였다. 그러자, 몇 발자국 떨어져 있던 아버지는 결국 시선을 돌렸고 나는 그동안 옷매무새를 바로 잡을 수 있었다.

이미 모스크[16]에서 들려오는 기도 알림 종은 끝났고, 이때쯤 나는 집에 있어야 했다. 엄마는 혹시 내가 늦을까봐서 출입문 뒤에서 기다리느라 애가 타서 지금쯤은 반미치광이가 되었을 지도 몰랐다.

아버지는 나에게 아무런 말도 건네지 않았다. 흔들리지도 않았고 안절부절하지도 않았다. 너무도 요지부동한 아버지의 태도를 보면서 나는 엄마의 말을 떠올렸다. 폐에 들어박힌 그 무엇 때문에, 제대로 치료가 되지 않은 결핵 후유증으로 생긴 그 무엇 때문에 아버지는 결코 화를 내지 않는다. 그 말이 맞는 것 같았다. 아버지는 완전히 남처럼 행동했다.

아버지는 내가 준비를 마쳤다고 생각했는지 앞서도록 신호를 보냈다. 아버지는 내 뒤에서 2-3미터 떨어져 왔다. 우리 둘은 전혀 모르는 사람처럼 그렇게 묵묵히 걸어갔다. 마치 침묵의 시위를 하는 사람들처럼.

내 발 아래로 땅이 무심하게 지나갔다. 나는 결코 평온하지 않았다. 이미 해가 기울어서 그다지 뜨겁지 않았음에도 나는 온몸이 불에 타는 듯 뜨거움을 느꼈다. 그때 별안간 나는 여자로 태어난다는 것이 어떤 의미인지를 이해하기 시작했다. 아버지가 가끔씩 상복을 입고 있는 이유는 그 옛날 아라비아 사람들을 따라 갓 태어난 여자 아기들을 산 채로 땅에 묻었기 때문이 아닐까.

그 생각 끝에 나는 나지막한 탄식을 쏟아냈다. 내가 만일 14세기에 아라비아 땅에 태어났더라면 여자들에게 터무니없는 구속을 가하는 이런 사람들을 향해 목숨이 다하도록 항거했을 것이다. 그리하여 이처럼 나쁜 전통을 만들지 않았더라면 여자라는 이유로 어이없는 고통을 당하지는 않았을 것

---

16) 무슬림들이 기도하는 사원.

이다. 너무도 쓸데없는 것들을 숭배하는, 남자들만이 옳다고 여기는 이 형편없는 우상숭배자들을 목 졸라 죽였을 것이다.

하지만 곧 내 안에서 다른 음성이 들렸다.

- 아니야, 솔직히 말해서 내가 무엇을 바꿀 수 있다는 말인가?

이런저런 생각을 하다가 지쳐서 나는 흐느끼기 시작했다. 나는 한 발자국도 벗어날 수 없는 늪에 빠졌고, 그것은 악몽처럼 어둡게 드리워져 있었기 때문이었다.

아버지와 내가 우리 동네에 도착했을 때에 나는 언제나처럼 아버지를 뒤따랐다. 그때 나의 눈은 습기가 사라져 푸석거렸다. 나는 푸석거리는 눈을 들어 상상의 나래를 펼쳤다. 그 옛날 아라비아 사람들, 영아 살해, 신의 계시, 이 모든 나쁜 생각을 떨쳐 버린 아라비아 자손인 나의 아버지가, 이 늙어가는 호리호리한 남자가 어떻게 엄마를 수태하기 위해, 그 작은 남근을 들고 엄마에게 달려들었는지를 상상했다. 상상은 거기서 멈추지 않았다. 이 일로 인하여 당하게 될 엄마의 고통으로 상상의 나래는 펼쳐져 갔다. 나는 상상의 나래를 멈추지 않고 끝까지 날아가도록 놓아두었다.

- 과연 당신 딸이군요.

- 나는 버림을 받았다. 버림을 받았어. 버림을 받았단 말이야.

수많은 단어들이 상상의 나래 속에서 소용돌이쳤다. 언뜻 순서가 있는 것 같기도 했지만 일정한 배열은 없었다. 누구의 말인지도 분명하지 않은 음성들이 여기저기서 들리는 것도 같았다. 하지만 그 어떤 것도 지금 내가 처해 있는 상황이나 앞으로 나에게 닥쳐올 상황을 비껴가는 말은 없었다. 그것들은 혼란스럽게 나부끼는 것 같지만 일정한 흐름을 타고, 정해진 박자를 따라 움직이고 있었다. 그것들은 대체로 다음과 같은 것들이었다.

적들에게 먹이를 던져준 엄마, 고유한 문화가 지배하는 가족이라는 이름, 불행, 원한을 품은 사람들, 아버지, 엄마, 남자형제들, 자매들, 배반자들의 문지기들, 엄마와 자녀들에게 치욕을 주고 잘 드러내는 배반자들. 집 앞에 막 도착했을 때 엄마가 서 있었다. 용서를 구하지 않은 사람, 이방인과 결혼한 사람, 나의 아버지, 노예의 후손인 머리털이 검고 피부가 흑갈색인 사람, 전갈과 살무사의 주민, 엄마의 세상 출현. 그리고 엄마의 실수 때문에 엄마 부족의 신선하고 아름다운 결혼 적령기에 있는 여자들이 구혼자 없이 늙어가는 것, 우리 집에 오는 이를 막지 않고 엄마는 그들을 위해 오랫동안 준비한 요리의 가치를 올리기 위해 아버지의 명령에 따라 가장 아름다운 접시에 그 요리를 잔뜩 채우고 그들을 대접한다. 하지만, 아름다운 시트에서 코를 골고 점잔을 빼며, 그들은 우리 집에서 가장 아름다운 쿠션위에서 엄마를 경멸한다.

- 너는 오줌싸개 아이 낳는 것을 언제 멈출 거니? 지금도 아이의 아버지가 원해서 관계를 하는 거니? 혹시 네가 발정 난 암캐처럼 아이의 아버지 품으로 달려드는 것은 아니냐? 그 엄마에 그 딸이지 그 피가 어디로 가겠니? 제발, 이 집안에서는 그 말이 들어맞지 않기를 바랄 뿐이다.

나의 이모들, 성미 까다롭고 심술궂은 그들은 축하연에 가듯이 그들의 여동생 장례식에 올 것이다.

버림받은 여자.

버림받은 여자.

버림받은 여자.

신에 의해서, 그리고 신이 보낸 사람인 남자에 의해서.

내가 범죄현장에서 붙잡혔기 때문에 엄마는 가족이라는 울타리를 떠나야 할 것이고, 아이들을 버리고 도시를 방랑하며, 모스크에 머무르거나 어쩌면 그녀가 태어난 산속 계곡에서 죽게 될지도 모른다. 엄마는 내가 소년의 야릇한 부름에 결코 대답하지 않았는지를, 혹은 내가 남자를 목이 빠지게 기다렸는지를 면밀히 조사할 지도 모른다.

하지만 나는 엄마에게서 배웠고 엄마가 나의 미래를 약속했으니 이 일쯤은 아무일도 아닌듯 넘어갈 수 있을 지도 모른다.

나는 엄마가 나 때문에 이혼 당할 거라는 상상으로 흥분된 반면, 이성은 너무도 뻔뻔하게 나를 느슨하게 만들었다. 나를 무너뜨릴 방법을 찾고 있을 아버지가 문을 밀고서 몸을 옆으로 비켜 내가 지나갈 수 있도록 했다. 그 순간, 그는 조용했고, 부드러웠기 때문에 나는 스스로에게 물었다. 아버지가 나의 뺨 위에 다정한 인사를 하면서 이렇게 말할 지도 모른다고.

- 걱정하지 마, 딸아. 아빠가 네 원수를 갚아 줄게. 그 괘씸한 견습생 놈을 내가 가만 놔두겠니? 걱정하지 마, 아이야, 아빠는 배상을 청구할 거야, 내 딸아 걱정하지 말라니까. 아빠는 나쁘고 못된 놈들로부터 너를 보호해주기 위해 네 곁에 있을 테니까.

하지만 현실에서는 아버지는 그 어떤 행동도 하지 않았다. 회한도 내 비치지 않은 채로 한 마디 말도 없이 아버지는 돌아서 버렸다.

엄마는 마당에서 문지방에서 두 걸음쯤에 있는 나를 기다렸다. 팔에는 젖먹이를 안고 있었다. 아기는 칭얼대고 있었다. 아마도 배가 고팠거나 배내옷이 젖어 불편한 모양이었다.

늦은 귀가 때문에, 혹시나 내가 나쁜 짓을 하지 않았나, 하고 의심을 하면서 엄마는 눈동자를 굴리며 나에게 말했다.

- 너 늦었구나.
- 겨우…….
- 늦었다.

엄마는 내 말을 잘랐다. 마브루카[17]는 벌써 거기에 있었다.

엄마는 귀가가 늦었음을 체크했다. 엄마는 내가 늦었는지 여부를 모스크에서 울리는 오후기도 알림종을 기준으로 삼았다. 어떤 때는 늦음을 힐책하기도 했지만 가끔 용서해주기도 했다. 반면, 우리의 암염소인 마브루카, 새벽에 집을 나가 황혼에 집으로 돌아오는 마브루카가 나를 앞질러 돌아왔을 때 아버지는 절대 용서하지 않았다. 따라서 아버지로부터 구원 받기 위해 혹은 그 상황을 모면하기 위해 무엇이든 해야 했다. 하지만, 엄마를 기쁘게 하거나 안심시키기 위한 뻔한 거짓말이나 그와 비슷한 어떤 것도 결코 만들어내지 못했다.

- 그럴 테지.

나는 아기 머리 때문에 숨겨진 엄마의 처녀상 메달을 눈으로 찾으며 스스로에게 말했다.

- 분명 그럴 거야. 엄마는 나를 바닥에 눕혀놓고 옷을 벗긴 다음에 다리를 벌리고 나의 《명예》가 온전한지를 확인할 거야.

하지만 기적이 일어났다. 엄마는 나의 팔에 아기를 맡기며 말했다.

- 속옷 바구니에서 깨끗한 옷을 찾아서 옷을 갈아입어라. 그리고 빨리 공부하러 가거라.

나는 더 이상 망설일 이유가 없었다. 나는 재빨리 아기를 낚아채어 꽉 잡은 채 집 안을 향해 큰 걸음으로 걸어갔다. 마치 그곳에 천국이 기다리고 있다는 듯 홀가분한 마음으로.

---

17) 아랍어로 '축복받은'의 뜻이 있음.

## 3.

# 가족

그 시절에 나의 가족은 별 문제가 없었다. 아버지, 엄마, 그리고 오빠들인 야시르와 야신이 있었는데 한명은 갈색 머리카락이고 다른 한명은 다갈색이었다. 그리고 나보다 나이가 어린 자매들인 말리카, 마이사, 라티파가 있었다. 둘은 쌍둥이였다. 마지막으로 아직 기저귀를 차고 있는 젖먹이 마야가 있었다.

우리는 꽤 유명한 도시에 살았다. 설탕과 터키과자를 연상시키는 이름을 가진 도시였다. 그곳은 사하라 사막에서 가장 유명하고 아름다운 곳 중의 하나였다. 계절이 어떻게 변하든지 늘 황토색과 붉은색을 띠는 아름다운 곳이었다. 여름엔 강에는 물이 없고, 겨울에는 하천이 범람했다. 도시를 에워싸고 맑은 시냇물이 흘렀다. 도시 곳곳에 물줄기가 이어졌고, 야생 오렌지 나무와 야자수가 자라는 곳으로 물이 흘러갔다. 사람들은 이곳을 《지방(Zibans)의 여왕》이라 불렀다. 수많은 종려나무 숲이 도시를 병풍처럼 둘러싸고 마치 도시를 지배하는 듯 당당하게 서 있었으며, 둥근 지붕들은 청춘기의 최고봉처럼 도시를 둥글게 감싸 안았다.

언젠가부터 이방인들이 정착하러 이곳에 왔다. 과거 무어 젊은이들이 아랍시를 마음 속에 품었던 곳, 프랑스로부터 식민지 해방 이후로 개발 계획이 한창인 이곳으로 이방인들은 일을 구하러 왔다. 교육, 안락함, 석유를 찾아서.

우리 집은 오스만 건축양식으로 지었는데 크지도 작지도 않았다. 우리는 제법 풍족한 삶을 영위했다. 아버지가 프랑스로 이민 간 세 분 삼촌과 함께 유산을 상속받았기 때문이었다. 포석 아래에서 너울거리던 개울은 우리 정원에서 솟아올랐다. 그 개울은 우리 집에서 자라는 종려나무 세 그루와 두 그루의 올리브 나무로 흘러갔다. 푸르른 올리브와 엷은 보라색 접시꽃을 보여주는 나무들. 꽃이 떨어지고 난 후 엄마는 나무들을 깊이 베어 버리고 올리브는 향료를 넣은 식초에 담갔다. 우리는 그것을 사탕처럼 깨물곤 했다.

시청에서 물품 대장을 관리하는 대서인인 아버지는 월수입을 늘리기 위하여 유산으로 받은 땅에 농사를 지었다. 그 땅은 도시 바깥인 종려나무 숲에 있었다. 나의 오빠들은 아버지를 도와 땅을 파서 엎었다. 그 땅은 사막을 가로 지르며 도시의 종려나무 숲을 연결하는 길 위에 있었다. 오빠들은 파슬리와 민트를 묶음으로 팔고 매년 여름에는 수박과 멜론을 팔았다. 오빠들은 일을 하느라 여름학교에 가지 않았고 삼촌들이 살고 있는 프랑스의 파리, 보르도, 낭트도 가지 않았다.

아버지는 기쁨에 겨워 종려나무 숲을 지나곤 했다. 특히 주말, 경축일에는 저녁에 돌아왔다. 허약한 폐에 잔뜩 산소를 불어 넣어 즐거운 마음으로 돌아오곤 했던 것이다. 그리고 저녁식사 시간 때면 바로 밑 여동생이나 내가 아버지 방에 음식을 가지고 갔다. 그때, 아버지는 훌륭한 고양이인 솔리만과 마주보고 있었다. 우리를 불편하게 하는 이야기, 삶에 실망한 이야기, 우리들을 먹여 살리기 위해 그가 비지땀을 흘리는 이야기 등을 하면서 아버지는 거의 한나절 동안을 탄식하고 불평하곤 했다. 아버지의 재미거리 중의 하나인 삼가루[18]는 우리에게 양심의 가책을 주었다.

엄마는 자신을 위해 혹은 적어도 딸들을 위해 최선의 삶을 살았고, 여성해방에 대한 희망으로 이성을 잃기 이전에는 온전하게 환상을 드러내지는 않았다. 엄마는 칠면조, 오리, 수탉을 길렀다. 이웃사람들은 살아 있는 가금류를 사기위해 엄마에게 왔다. 아버지는 가금류 깃털까지 판매수익으로 기록하고 눈 하나 깜짝 않고 돈을 착복했다. 엄마는 돈을 소유하지 않았다. 엄마는 미장원에도 가지 않았고 하맘[19]에도 가지 않았다. 아버지는 이 모든 것이 쓸데없는 돈이 드는 일이라고 엄마에게 금지시켰기 때문이다.

만약 우리가 외상값이나 양말 한 짝을 잃어버리기라도 하면 엄마는 살며시 이방인에게 양탄자를 팔곤 했다. 아버지의 독재에 가까운 이기주의는 어느 누구에게도 예외를 두지 않았다. 심지어 아들들에게 조차도 국물도 없었다. 따라서 엄마는 어떻게든 돈을 마련해야 했으므로 조부모에게서 받은 여분의 양탄자를 하나씩 팔아서 위기를 모면했다. 꽤 오래된 그 양탄자는 베두인[20]들이 만들었다. 아버지는 그 양탄자들을 낡고 추한 것으로 여겨 관심조차 두지 않았다.

염소를 기르는 일도 엄마의 책임이었다. 엄마는 염소를 묶어 두고 돌보며 젖을 짜는 일을 해야 했다. 때때로 마브루카는 연간 비용을 지불하는 목동의 보살핌 하에 산에서 수태를 하여 우리에게 돌아오곤 했다. 목동은 다른 암염소와 숫염소 무리들을 함께 돌봤다. 엄마는 염소에게 풀을 먹이곤 했

---

18) 마그레브에서 담배에 섞어 피우는 가루.
19) hammam. 대중목욕탕.
20) 사막지방의 무슬림.

다. 키울만한 장소가 없어서 우리는 닭고기 대신에 염소 고기를 먹었다. 아버지는 새끼 염소를 잡아서 굽거나 스튜로 만들어 우리에게 줬다.

당시에는 텔레비전을 소유한 집이 드물었다. 우리 집에도 텔레비전은 없었다. 그러나 우리에게는 라디오가 있었다. 내게도 침대에서 듣는 소형 트랜지스터가 있었다. 엄마는 내가 라디오를 듣느라 밤새우는 것을 좋아하지 않았다. 하지만 엄마의 강박증으로 인해 나는 성인이 되는 것에 대한 병적인 공포로 서서히 불면증을 앓기 시작했다. 성인이 되어 결혼하기 전에 처녀성을 잃어버린다면 모든 것이 끝나기 때문이었다. 그래서 엄마는 나의 여성미를 애써 감추었고 오히려 엄마의 공포심에 가까운 두려움이 나를 나쁜 길로 인도할 수 있다는 것을 짐작조차 못했다. 그 스트레스는 일생동안 나를 악착스레 뒤쫓아 다녔다. 그 불면증 덕분에 나는 밤새도록 프랑스어권 방송을 들었다. '알제-채널3', 오아시스에서 장파로 잡히는 '프랑스 엥떼르', 심지어 사막에서는 더 먼 소리도 들을 수 있었다. 엄마는 내가 《프랑스어 밤 꾀꼬리》가 되기를 원했다.

- 너는 프랑스인보다도 더 프랑스어에 능숙할 거야.

엄마는 그렇게 말하면서 나의 불면증을 눈감아 주었다. 프랑스어를 완벽하게 익히기 위해서라면 참을 수 있었던 것이다. 왜냐하면 엄마는 《주인이 필요 없는 여성》이 될 나의 미래와 관련된 일이라면 모든 것을 눈감아 주었기 때문이었다. 어쩌면 거의 모든 것을 눈감아 주었던 것 같다. 엄마는 내가 뜬 눈으로 밤새우는 것, 나의 꿈, 개울가에서 이루어지는 나의 끊임없는 독서, 나의 취미인 도자기들을 눈감아 주었고, 나의 이웃이자 나의 유일한 친구인 판사댁 딸을 방문하는 일도 눈감아 주었다.

내가 집안일을 거들고 나면 엄마는 나에게 책을 보라고 채근했다.

- 가라, 가라, 책을 읽으러 가라.

엄마는 어깨로 나를 밀며 말했다.

- 너의 영혼을 살찌우러 가라. 너는 자유로워져라.

따라서 나는 몰래 책을 읽을 수 있었다. 나는 무엇이든 읽었다. 내 아버지의 오래된 책들의 묶음에서 찾아낸 제임스 하들리 체이스[21]가 쓴 탐정소설을 읽어 치웠다. 『이상한 나라의 엘리스』, 『신데렐라』, 『엄지 동자』를 읽고 난 후 표시된 페이지 위에 종이를 넣어 기억했다. 그것은 나의 남자형제들을 속이기 위한 것이었다. 그들이 나에게 장난을 칠 때면 나는 《해제할 수 없는 책 읽기》로 침묵을 교환하며 엄마의 동전 지갑에서 훔친 동전을 주어야만 했다. 나는 남자형제들이 눈감아 준 덕택으로 그들이 읽는 책들, 만화들도 탐독했다. 『멩멩』, 『블렉 르 록』, 『아스테릭스 르 골루와』. 나는 모든 장르의 잡지마저 섭렵했다. 동네 미장원에서 거추장스런 물건이 되어 버린 여성지들도 독서 대상이었다. 『오늘의 여성』, 『엘르』, 『뽀디움』, 『안녕』, 『남자친구들』, 『파리 마치』, 그리고 가장 교훈적인 저서들과 고전들은 판사댁 딸에게서 빌렸다.

판사댁 딸이 우리 동네로 이사 온 그 다음 날에 우리는 서로 알게 되었다. 그의 아버지는 나라 북쪽에 위치한 우리 도시로 배속되어 전근을 왔다. 그 친구의 이름은 사브리나인데, 오드리 햅번이 출연한 영화의 주인공과 이름이 같았다. 보가트와 급격하게 사랑에 빠지는 오드리 햅번, 사브리나가 이를 강조했다.

사브리나는 나랑 나이가 같았다. 꽤 교양이 있었으며 재치와 어른 같은 유머로 나를 즐겁게 해주었다. 그의 부모님은 나를 극장으로, 영화관으로 데리고 갔다. 그의 집에는 텔레비전이 있었고, 그는 책을 잘 읽지 않았다. 아

---

21) 유명한 범죄소설 작가.

주 조금 밖에 읽지 않았다. 하지만 책들은 많이 있었다. 소녀들을 위한 잡지들, 그곳에는 월경과 피임약에 대한 질문들이 있었고, 영화배우들, 오락, 버라이어티의 스타들이 나왔다. 그녀는 모든 연령대에 걸친 모든 취향의 책들을 갖고 있었다. 그의 아버지와 프랑스 남서부 출신의 프랑스 여성인 엄마는 딸에게 아낌없이 책을 사주었기 때문이었다.

그가 기숙학교에서 돌아올 때면, 엄마가 나를 보내고 싶어하는 수도에 있는 그 학교에서 돌아오는 주말과 경축일에는 그녀는 사막으로 부모님들과 유람을 하곤 했다. 그들은 살무사, 영양을 사냥하러 갔고 이러한 잔인성에 동참하는 것을 거부한 사브리나는 우리 집 문을 두드렸다. 나는 허락을 구하지 않고 엄마에게 겨우 통보만 한 채 그녀를 따라 나섰다. 엄마는 내가 프랑스어실력을 향상시킬 수 있는 기회가 되는 그녀의 방문에 대해 이익이 된다고 판단했는지 어떠한 조건도 달지 않았다.

엄마는 나에게 모든 것을 양보했다. 특히 내 교육과 관련된 일이라면 거의 한계가 없었다. 그러나 내가 겪은 생명에 대한 위협을 떠올려보면 엄마의 잔인성 또한 한계가 없었다. 엄마는 이 당시에는 나를 때리지 않았다. 엄마는 어느 누구도 때리지 않았다. 그러나 엄마는 불명예에 대한 두려움으로 나를 때때로 가장 악독한 적군의 딸 인 냥 취급했다.

- 네가 그것을 잃어버리면, 네가 그것을 잃어버리면,

엄마는 마약환자처럼 중얼거렸다.

- 그것은 우리의 목적이자 모든 것의 목적이다. 네가 그것을 잃어버리면 너의 아버지는 우리를 사막으로 내쫓을 것이다. 너의 오빠와 여동생들은 고아가 되어 흡혈귀의 손아귀에 들어갈 것이다.

엄마는 직설적인 어휘를 사용하곤 했다. 남자들에게 적합한 용어, 남자들과의 접촉에서 배운 어휘들, 엄마가 그들과 같이 군복을 입고 싸웠을 때 배운 말투들. 그러나 엄마는 결코 《처녀성》이라는 단어는 사용하지 않았다.

- 네가 그것을 잃어버리면 나는 너를 내 손으로 죽일 거다.

엄마는 예쁜 외모와 대조적으로 험상궂게 으르렁거리는 소리로 말을 끝맺었다.


언젠가, 나보다 열 살 정도 많은 고모의 아들들 중의 한 명인 사촌이 우리 집에 잠시 머무른 적이 있었다. 늦은 밤, 그는 나의 침대에 교묘하게 들어왔다. 내가 겨우 다섯 살 때였다. 그러나 이미 위험에 대한 직감이 발달해 있었다. 엄마는 나에게 그러한 위험에 대해 대처할 수 있는 법을 잘 가르쳐 주었다. 나는 고함을 쳤고 사촌은 도망을 갔다. 그는 원하는 것을 얻지 못했다. 아침이 되자마자 나는 엄마에게 그의 침입을 고자질했다. 사촌의 의도와 자세한 상황을 이야기했다. 나는 기억한다. 내 이야기가 끝나갈 무렵 엄마의 흙빛 얼굴과 살기 띤 홍채는 검투사의 칼보다도 더 예리하게 변했음을.

- 너 확실하지, 그가 너에게서 그것을 빼앗지 않았지?

엄마는 나를 꾸짖었다. 나는 좀 억울했지만 이해하려고 애를 썼다. 그때 당시 고모와 언쟁을 피하기 위하여, 어쩌면 모욕감으로 내 기분을 상하지 않게 하기 위하여 일부러 그런 것이라고 생각했다. 사촌들을 혼내지 않고 주의를 주는 것이 차라리 모양새가 좋은 것이라고 생각했다. 이후 우리 집에 그들이 방문했지만 엄마는 아버지에게, 고모에게, 당시 살아계셨던 할머니에게 단 한 마디도 하지 않았다.


나는 생식기 내부 검사를 하지 않기를 원했지만 엄마는 《쓸모 있는 막》이 그대로 있는지 확인하기 위해 <성적으로 학대받은 어린이>를 청진할 것이었다. 그것은 엄청난 모욕이었다. 나의 치골에 난 첫 체모는 민둥산처럼 밀어서 나의 둔덕은 눈이나 산타 할아버지의 수염처럼 하얗게 될 것이고 패랭이꽃처럼 푸르게 될 것이다.

엄마는 울부짖고 자신의 뺨을 찢으며 손으로 머리털을 쥐어 짤 것이다. 신을 찾으며, 선지자들을 찾으며, 증인이 되는 지상의 성인들을 찾으며 그렇게 사납게 발광을 할 것이다. 그리곤 서둘러서 내 사촌의 이야기를 나에게 상기시키고는 나를 악동, 행실이 좋지 못한 딸, 발정난 암캐 정도로 몰아갈 것이다.

- 너는 '금이 간 소변'일 뿐이다.

엄마는 노발대발했다. 달리 말하면 《소변의 균열》, 엄마의 협박은 그렇게 끝이 났다. 그 말은 결코 축하의 인사가 아니었다. 나는 결코 그 말의 정확한 의미를 알지 못했다. 또한 어떤 소변과 관련이 있는지, 내가 나온 엄마의 소변인지, 혹은 나의 거기가 심하게 망가져서 나오게 된 내 소변인지를 몰랐다. 엄마는 그 사실을 나의 여자사촌들에게 말할 것이다. 나의 삼촌들의 딸들 - 파리와 낭트, 보르도에 살고 있는 그들, 교육 받은 여자들이 가질 수 있는 보장받은 미래를 가진 여자들. 가족의 명예를 훼손하지 않는 딸들, 어떤 남자들을 접근시키지도 않은 여자들 - 은 그 후로도 많은 남자들과 더불어 살아갈 수 있을 것이다.

- 꼬마 인간쓰레기. 엄마는 말을 계속 이어갔다.

- 너는 내가 불명예스럽게 되길 원하고 내가 치욕에 떨면서 머리를 처박는 것을 원하며 내 친구들과 내 적들의 웃음거리로 만들고 싶어 한다. 만약 네가 나에게 복종하지 않는다면 나는 그것들을 모두 까발릴 테다. 너의 방탕함을 모두에게 말할 거야. 너의 날라리 근성을 나의 자매들에게, 나의 엄마에게, 내 친구들에게, 나의 적들에게, 이 세상 전체에게 발설할거라고.

- 소변의 균열.

엄마는 반복했다.

- 발정난 암캐. 너는 무엇이 될 거라고 생각하니? 방탕한 삶이 네 운명인 거야? 남자를 그렇게 밝히면 어떻게 되는지 모른다는 거니?

엄마는 완전히 부은 목에 핏대를 세우며 울었다.

- 너는 한 남자에서 다른 남자로 옮겨가며 인생을 보낼 거다. 나는 확신할 수 있다. 너의 불운은 이미 시작되었다. 겨우 다섯 살에 사촌을 유혹한 아이에게 어떤 미래가 보장될 수 있겠니?

엄마가 말하는 동안 나는 다리를 벌린 채로 땅바닥에 누워있었다. 나의 생식기는 엄마의 명예와 결부되어 있었다. 그것은 또한 엄마의 인생이기도 했다. 이러한 생각을 엄마는 강요했다. 엄마는 사촌과의 일은 사촌의 잘못이 아니라 온전히 내 잘못이라고 생각하게 만들었다. 성장할수록 나를 향해 다가오는 음탕하거나 그렇지 않은 수컷들의 모든 시선에 대해 책임을 느껴야한다고 말했다.

내가 웅크릴 수 없었다 하더라도 혹은 소년들이 나를 붙잡았다 하더라도 사실 나는 화산과 같은 뜨거운 무엇을 느끼며 그대로 있었다. 이런 나를 엄마가 몰랐으면.

- 기도하자.

엄마는 그렇게 끝을 맺었다.

## 4.

## 불장난

　　　　가구제조 견습공이 공원에서 처음으로 나를
제압했을 때, 나는 이미 사춘기에 접어 든 열 두 살로 학교에 다니고 있었다.
나는 학교가 끝나면 온힘을 다해서 공원을 가로 질렀다. 가능한 빨리 집에
돌아가기 위해서였다. '검열'을 피하기 위해서. 정확하게는 시청을 우회하기
위해서 달렸던 것이다. 아버지는 시청 앞 광장 테이블에 앉아 타자기를 두드
리곤 했다. 도시 한 복판을 쏘다니는 이런 나의 행동을 알았더라면 엄마는
틀림없이 나무랄 것이다.

　가구제조 견습공은 나를 꼼짝 못하게 했다. 나무 둥치에 기댄 채. 경사진
언덕배기 뒤로 남들의 시선을 피할 수 있는 곳에서. 나의 셔츠 단추는 풀려
졌고 나는 드러난 가슴 때문에 놀라서 눈이 튀어 나올 지경이었다. 나의 한
개 뿐인 브래지어는 하필이면 그 날 세탁했었다. 엄마는 1년에 한 개 이상을
사 줄 수가 없었다. 왜냐하면 엄마는 집에서 돌봐야 되는 홍역환자가 있어
나의 가슴을 싸매는 것에 관심을 둘 시간이 없었기 때문이다.

　그동안 다른 소년들은 내 가슴을 슬쩍 만져보는 것에 그쳤었는데, 이 가

구제조 견습공은 가슴을 혀로 핥고 유두를 가볍게 깨물기까지 했다. 그의 눈꺼풀은 떨렸고 쉴 새 없이 알 수 없는 말을 중얼거렸다. 내 피부에 그의 침이 흘러 떨어졌다. 나는 엄마에게 용서를 구해야 했다. 미덕을 굳건히 지켜 나가는 여성들에게. 하지만 가구제조 견습공의 이러한 행동으로 나는 아무런 생각이 떠오르지 않았다. 그는 내 가슴을 손으로 움켜쥔 채, 다른 손으로 내 치마를 들췄다. 속옷을 내리고 내 음문을 뒤지기 시작했다. 처음은 손가락으로 했으나 곧바로 자신의 바지를 내려 성기를. 잠시 후에 모든 것은 제자리를 잡았고, 그는 반복적으로 움직였다.

- 가만히 있으면 너를 아프게 하지 않을 거야. 조금만 참아. 내가 나중에 네 보석함을 만들어 줄게.

나는 그를 때리지 않았고 훗날 보석함도 결코 본 적이 없었다. 나는 그의 말대로 가만히 있었다. 나를 압도하는 극심한 두려움 때문에. 《처녀막은 찢어지지 않았다》 왜냐하면 내가 반항하면 더 무섭게 다룰 것 같은 두려움 때문에 움직이지 않았기 때문이다. 어떤 상황에서도 그가 나를 때리지 않는 것에 감사했다. 이런 나의 생각을 안다면 엄마는 물론 파리, 낭트, 보르도, 전세계에서 온전히 미덕을 지켜나가는 여성들이 다시 한 번 나의 방탕함을 비난할지도 모르겠다.

내가 완강하게 저항하지 않았으므로 가구제조 견습공은 추잡한 이 일에 대해 중얼거리기 시작했다. 그것은 어떤 다른 남자도 결코 나에게 말할 수 없는 모욕이었다.

그 여자애는 그것을 좋아해. 암퇘지야. 그녀는 암캐처럼 흥분을 하지.

개울물처럼 자글거리던 감정이 진정되고 바지를 추스린 그는, 나를 공원에 그대로 내버려둔 채 쏜살같이 달아났다.

나는 전속력으로 집으로 돌아왔다. 늦었다. 하지만 다행스럽게도 나는 마부르카보다 조금 앞서갔다. 엄마는 문 앞에 나와 앉아 지키고 있지 않았다. 쌍둥이들의 홍역은 엄마의 혼을 빼놓기 충분한 이유가 되었다. 나는 염소를 묶었다. 그리곤 슬쩍 욕실로 향했다. 나만의 공간 속으로 나를 가두었다.

모스크에서 들려오는 황혼의 기도 알림이 울렸을 때 엄마는 부엌에서 저녁을 만드느라 평소와 다름없이 열심히 일을 하고 있었다. 불장난인 가구제조 견습공과의 접촉에 대한 기억은 나의 피부 위에 살아 있었다. 나의 가슴 위에 남아 있는 그의 침이 식어가는 것을 느끼면서 나는 허둥지둥 자위행위를 했다. 나는 그때 '하얀' 체모위에서 말라버린 정액을 보았다. 그것은 나의 '하얀' 속옷에도 묻어 있었다. 그때 나는 깨달았다. 대중목욕탕[22]에서, 엄마는 딸들을 데리고 가는 것이 의무인데, 자리를 철저히 소독하면서 남자들이 남긴 것으로 임신이 된다고 말하던 엄마의 말을. 여자들은 대수롭지 않게 그것에 관해 수다 떨곤 했다. 그러나 나는 그때까지 만해도 남자의 흔적을 직접 눈으로 볼 것이라고는 생각지 않았다. 나의 체모와 속옷에 남겨진 누르스름한 미립자들은 언뜻 고름이 연상되었다.

엄마가 왜 성기는 불결하다는 인식을 시켰는지를 알게 되었다. 나는 그동안 엄마가 옳다고 인정하지 않았다. 나의 꿈속에서, 그리고 내가 읽은 책에서 성기는 전혀 불결하지 않았다. 심지어 『고마워, 콜레트』에서는 남자의 정액, 성기, 엉덩이, 체모가 신들의 음료이자 신들의 양식이었다.

나는 사람들이 부패한 고기를 몹시 싫어하듯이 나의 신체에 배설된 것에 대한 불쾌감에 사로잡혀 있었다.

---

22) 대중목욕탕 하맘(hammam)은 요일별로 남탕, 여탕을 구분하므로 자리 소독에 각별히 신경을 씀.

머지않아 정열의 급격함과 그 뒤에 오는 안락함은 공포심과 혐오를 뛰어 넘게 되었다. 나의 정신은 경험적인 결과에 내던져졌다. 성기와의 단순한 접촉을 한 여자. 삽입은 없었지만 임신에 이를 수 있었다. 달리 말해, 처녀막은 정자의 침입을 막는 성채가 아니었다. 그는 나를 위해 한 가지는 지켜줬음에 틀림없다. 그것은 처녀막이었다. 어쩌면 내가 지키려고 노력하지 않았다면 그가 망가뜨리려 했을지도.

기도하자, 기도하자, 기도하자.

나는 결코 자유롭지 않았다. 나의 눈은 멍하니 하늘을 자주 바라보았다. 나는 구름을 응시하고 다시 코란[23]을 읽기 시작했다. 나는 고독했고, 다른 것을 배우게 되었다. 나의 부모는 독실한 무슬림이 아니었다. 나는 모스크에서 들려오는 기도 알림 종 덕분에 일상의 기도 수를 알 뿐이었다. 나는 규율을 어겼다. 따라서 나는 용서받기 위해 코란과 지침서를 손에 넣었다. 나의 오빠들은 내가 코란과 지침서를 읽을 때면 내 엉덩이를 툭 치며 히죽히죽 웃었다.

이슬람 고전을 해석하는 성직자가 되기 위해 공부하는 여자가 여기 있네, 하하하.

소녀들을 위한 성직자, 하하하.

신체 허약한 사람들을 위한 성직자, 호호호.


밤늦도록 트랜지스터를 귀에 찰싹 붙이고 불면증에 맞서 싸우며 천사들의 연민과 지원을 바라고 있었다. 나는 우렁쉥이처럼 둥글게 몸을 숨긴 채 현실을 회피하고 있었다. 모스크나 도시에서 멀리 떨어진 수도원을 은둔처

---

23) 이슬람 경전.

로 생각하면서. 어쩌면 판사댁의 지하창고에서의 해방감을 기다리는 건지도 몰랐다. 그 곳이면 판사댁의 부인과 딸에 의해 나는 세심하게 보호를 받을 수 있을 것이다.

모든 것에서, 또한 어떤 것이든지 간에 계시는 소리와 향기를 가지는 법이다. 엄마의 최근 유산, 어쩌면 지속되고 있는 임신일지도 모를 엄마의 신트림과 잠옷을 입은 쌍둥이들의 아침 구역질은 분명 어떤 계시를 담고 있었다.

대중목욕탕에 남아 있는 남자 흔적을 뿌리째 뽑기 위해 과도하게 사용되는 자벨수[24]와 더불어 여자들은 월경 날짜에 따른 오기노방법[25]을 논의하곤 했다. 음경은《푸가스 반죽》[26]으로 명명하며 어떨 땐《설탕 빵》으로 통용되기도 했다. 여자들은 그것을 혐오하거나 숭배했다. 화장실문 뒤로 남자 형제들이 소변보는 소리가 나면 아버지는 우리 방으로 엄마를 쫓아내곤 했다. 종종 엄마는 밤마다 숨어 지내기도 했다.

하지만, 그 동안의 고민은 월경이 시작되는 첫 방울을 보자마자 모두 사라졌다. 나의 성욕은 다시 꿈틀거렸다. 그리고 마치 내가 가장 나쁜 것을 피해 자위하듯이 멈추지 않았다.

- 멋지다, 딸아. 멋지다, 딸아.

나는 낮은 목소리로 콧노래를 불렀다. 어디에서든지 나는 그랬다. 수업시간에도 나의 성욕은 나를 간지럽혔다. 기분전환을 위한 안마당에서, 집으로 돌아오는 길에서도, 저녁식사 시간에도, 침대에서 나의 성욕은 꿈틀거렸다. 나는 가구제조 견습공을 떠올리는 것만으로도 충분했다. 그의 손, 그의

---

24) 표백용 하이포 염소산 용액.
25) 자연 피임법의 날짜 계산 방법으로 가장 짧은 월경주기에서 18을 뺀 수가 금욕을 시작해야 할 첫날이며 가장 긴 월경주기에서 11을 뺀 수가 수정 가능한 마지막 날임.
26) 과자의 일종인 푸가스 과자 반죽.

성기, 그의 기쁨으로 뒤집힌 눈, 젖은 혀, 그는 나에게 다음번 함정을 기대하게 만들었다. 다리를 껴안고 뜻밖의 환희로 관자놀이를 뛰게 하는 술래잡기의 집요함처럼. 나의 아래를 기계적으로 피하면서 노래를 흥얼거려 본다.

 - 별은 빛나고 왕은 오막살이 집 앞에서 기나긴 길로 인도된다.

오래지 않아 후렴부분은 내 영혼과 입술에서 사라졌다. 나는 꼼짝없이 미래를 무덤 저편으로 던져버린 현행범이 치러야할 범죄에 대한 무시무시한 감정과 대면하게 된 것이었다. 신이시여, 우리 동네 이맘[27]의 얼굴 아래, 철탑 위에 사는, 어쩌면 확성기 안에서 도시를 꼼짝 못하게 하는 규율이 나를 엄습해왔다. 나는 한 무리의 늙은이들과 성교하는 환상에 사로잡혔다. 그 노인들에게서 포름알데히드 냄새가 났다. 바싹 여윈 채로 이가 빠진 노인들이었다. 그 냄새나고 앙상한 모습으로 나를 더듬고 만졌다. 마치 그들의 뼈가 부드러워질 때까지 주무르는 것 같았다. 무시무시한 감정이었다. 이 때문에 나의 성욕은 많이 수그러들었다. 그것은 귀에 못이 박힐 정도로 들은, 엄연히 살아있는 지긋지긋한 규율 때문이었다.

---

27) 아랍어로 '지도자' 또는 '모범'이라는 의미로 이슬람의 종교 지도자를 지칭함.

# 잠들지 못한 밤

　　현행범으로 아버지에게 붙잡혔던 그 날, 나는 아버지의 귀가를 타는 목마름으로 기다렸다. 그것은 온통 불안을 담고 있었다. 내 몸이 드러난 것을 본 아버지에 대한 기억으로 나는 괴로웠고 목이 바짝바짝 타 들어갔다. 신체검사를 당할지도 모른다는 생각이 나를 엄습하였다. 나는 우선 엄마의 명령에 복종했다. 부엌에서 익숙한 솜씨로 아기를 달래고는 방으로 들어와서 나는 자살을 심각하게 고려하면서 여러 가지 방법을 생각해보았다.

　약을 삼키는 음독이 먼저 떠올랐다. 약국에 가면 약은 흔하게 구할 수 있었다. 더 간단하고 효과적인 방법은 바로 자벨수를 마시는 것이었다. 아무리 생각해도 투신은 아닌 것 같았다. 만신창이가 되어 세상을 떠나는 생각은 전혀 마음에 들지 않았다. 더군다나 우리 집은 충분히 높지도 못했다. 잘해야 하반신 마비 정도로 끝날 것이다. 이 가정에서 불구자를 과연 돌봐줄 수 있을까? 정맥을 끊는 방법도 생각해 보았으나 힘들고, 더럽게 느껴져 별로 내키지 않았다. 그것은 형제, 자매들에게 심한 충격을 줄 수 있기 때문이었다.

음독을 하려면 설사약이나 아스피린 약이 적당했지만, 나는 그것을 거부한 채 세탁실에 있는 자벨수병을 찾아냈다. 마개를 뽑은 후 테이블 아래에 숨겼다. 나는 여동생들과 공동으로 방을 썼는데, 내가 책상으로 사용하는 테이블 아래에 넣어 두었다. 감정의 광분이나 폭발이 일어나는 순간에 나는 병째 마실 것이다. 한 방울도 남기지 않고.

저녁 8시경에 아버지가 돌아왔다. 그는 늦었고 평소와 같이 조용하고 차가웠다. 아마도 약간 술에 취한 것 같았다.

나는 자벨수를 마시지 않았고 비슷한 그 어떤 행동도 하지 않았다. 저녁 식사시간과 그 나머지 시간은 평소와 다름없이 흘러갔다. 아버지는 방에서 홀로 식사를 했고 신문을 읽었으며 라디오로 뉴스를 들었다. 남자형제들은 자신들의 방에서 카드놀이와 서양바둑놀이를 했다. 여동생들은 일찍 잠이 들었다. 반면, 엄마는, 집안일을 싫어했음에도 부엌에서 기진맥진할 때까지 일을 했다. 사람들은 그 모습을 보면서 이렇게 말 할지도 모른다. 천년 동안 이어온 해묵은 죄에 대해 속죄하는 것이라고.

나는 식기류와 바닥을 공들여 닦고 윤을 내면서 때로는 몸을 굽혀 테이블과 나의 책들을 정돈하고 닦았다. 그리고 나는 모파상의 소설을 읽었다. 그것은 내가 『오늘의 여성』지에서 발췌해 놓았던 것이다.

저녁 10시에서 11시경 사이에 아버지는 소등을 지시하였다. 모든 전기 차단기는 내려졌다. 엄마는 복도를 걸어가서 아버지 방에 도달했다. 나의 부모님 방은 《아버지의 방》으로 지칭되었다. 아버지는 《내 방》이라고 했으며, 엄마는 《너희들 아버지의 방》으로, 우리들은 그냥 《아버지의 방》으로 불렀다.

나는 불을 끄고 침대로 들어갔다. 벌써 곤히 잠든 바로 아래 여동생 옆으로. 쌍둥이들은 왼쪽 이층침대에서 자고 있었다. 들리지 않는 단조로운 잠꼬대를 중얼거리면서.

- 그래도 삶은 계속되는구나.

나는 비로소 마음이 진정되었다. 적어도 이 날 밤만은. 아마도 이러한 평범함은 지속될 것이다. 어쩌면 아버지는 나에게 휴식을 줄지도 모르는 일이었다. 내가 상급학교 시험에 응시할 수 있는 시간을. 어쩌면 그는 나를 용서하고 영원히 이《작은 사건》을 잊어 줄지 모르는 일이었다. 신은 자비롭지 않은가. 왜 나의 아버지라고 안 되겠는가? 아마도 그는 결국에는 나를 사랑할 것이다. 그래 결국 사랑이란 감정을 느끼지 않겠는가? 인간에 대한 애착, 작고 어린 인간에 대한 연민을 느낄 것이다. 더군다나 그 생명을 이 세상에 낸 창조자가 아닌가. 13년을 그의 지붕 아래에서 아무런 소용돌이 없이 조용하게 근근이 살아오지 않았는가.

아버지가 나를 비밀스럽게 보호할거라는 가능성을 품자, 깊은 고요가 나를 둘러쌌다. 마치 공원에서 일어난 갑작스런《현행범》사건이 처음부터 일어나지 않았던 것처럼.

나는 평온과 위안의 깊은 한숨을 내쉬었다. 하지만, 가구제조 견습공과의 추억은 나의 신경을 자극했다. 어린 소녀의 민감한 신체 부분들을. 그날 밤, 아버지의 사랑과 용서를 기대하면서, 마땅히 그러할 것이라는 희망을 품으면서 나는 음문의 경련, 고통, 떨림, 내가 무너진 어떤 것에 대항하여 싸우고 있었다.

내가 이를 꼭 다물고 있는 반면, 내 신경은 온통 전지를 갈아 끼우는 작은 라디오에 쏠려 있었다. 비아프라[28]의 굶주린 아이들과 네이팜에 불탄 어린

베트남 아이들을 가여워하면서. 근데, 갑자기 공기 속에서 푸르스름한 야광의 뚜렷한 실루엣이 나타났다. 머리, 그리고 등, 팔, 엉덩이, 다리, 발. 강림이 모두 끝났을 때 한 창조물은 나를 마주 보고 있었다.

- 천사다!

나는 스스로에게 외쳤다. 쌍둥이들은 한 쪽 눈을 뜨면서 소스라치게 놀랐으나 이내 곧 잠이 들었다. 아래 여동생은 움직이지 않았고, 자글거리는 코 고는 소리가 점차 약해졌다. 그녀는 더 이상 자지 않는 것 같았다.

라디오를 끄고 팔꿈치에 둔 채 나는 눈을 크게 떴다. 천사의 미소는 밤을 환하게 했다. 천사는 곡예를 시작했다. 구석에서 방의 다른 쪽을 향해 날아다니고 장애물을 우회했다. 마치 이곳을 잘 아는 것 같았다. 나는 다시 눈을 감았다. 손을 시트 아래에 넣었다. 나를 어루만지며, 서두르지 않았다. 나의 손가락은 부드럽게 미끄러졌다. 마치 내가 정제된 기름을 분비한 것 같았다. 처음 느껴보는 감정이었다. 그것은 어떠한 양심의 가책도 일으키지 않게 만들어주었다.

나의 한숨이 끝났을 때 나는 다시 눈을 떴다. 새벽이 움트고 있었다.

- 내 이름은 부줄이야.

천사는 세상에서 가장 아름다운 윙크를 보내며 나에게 말했다. 그리고 그는 홀연히 사라져 버렸다. 그가 강림할 때처럼 한 부분씩 천천히.

- 안녕, 부줄.

잠이 쏟아지기 전에 나는 말했다. 내가 나를 괴롭히는 악마를 멀리하려고 애쓰자 천사, 곧 진실이 나를 도우러 온 것이다.

---

28) 아프리카 비아프라 공화국.

# '명예'에 대한 검증

그 다음 날, 밤늦게 부줄이 나타났을 때 방문이 삐걱거렸다. 벽 틈으로 나는 아버지의 실루엣을 발견했다. 그의 걸음은 조심스러웠다. 다음 순간, 소리 없이, 그는 나를 침대에서 빠져나오게 했다. 그 순간, 자고 있던 여동생은 돌처럼 미동도 없이 숨죽이고 있었다. 쌍둥이들은 뒤척였지만 내가 방을 나갈 때까지 숨죽이고 있었다.

엄마는 말했다. 악귀 때문에, 더 정확한 표현으로는 어린 소녀들의 신선한 육체를 약탈하는 악귀 때문에 우리는 신체를 드러내고 자는 것이 금지되어 있었다. 나는 후줄근한 속바지와 낡은 셔츠를 입고 있었고 머리카락은 얼굴에 바짝 붙어 있었다. 아버지는 내가 옷을 갈아입을 시간을 주지 않았다. 얼굴 씻을 시간조차 주지 않았다. 칠흑 같은 어둠이 우리를 기다리고 있었다. 나는 이해할 수 있었다. 그는 다른 사람들이 잠에서 깰까봐 조심한 것이었다. 결국 용의주도하게 끝냈다. 엄마는 《범죄》에 대해 아무것도 몰랐다. 그는 나를 집 밖으로 조용하게 데리고 간 뒤 차 뒤 좌석으로 밀어 넣었다.

차문을 소리나지 않게 닫은 뒤 자신의 차문도 그렇게 하고 헤드라이트를 흐릿하게 켜고 차는 출발했다. 그는 동네에서 멀리 떨어진 곳에 이르러서야 비로소 불을 켰다. 내 마음 속에서 폭풍이 치듯 어떤 소리가 들렸다.

　- 그는 나를 죽이기 위해 사막 한 가운데로 끌고 가는 것임에 틀림없어. 어쩌면 나를 전갈이 있는 곳에 버려둘 지도 모른다. 그건 결국 죽이는 거나 마찬가지니까. 어떤 상황이든지 나는 도망갈 수는 없다. 그러나 나는 차에서 뛰어 내릴 수는 있을 거야. 이 속도에서는. 프랑스로 이민 간 아버지 형제들이 버리고 간 낡고 오래된 차. 아버지는 시속 50킬로 이상을 결코 달려본 적이 없다. 따라서 나는 뛰어 내릴 수 있을 거야. 그리고는 엉덩이에 힘을 주고 주먹과 눈썹에 불끈 힘을 주며 저 멀리 카라카스 또는 지부티까지 내달려야 할 것이다.

　하지만 나는 어떤 행동도 하지 않았다. 아버지를 향해 목덜미를 곧추 세우고 침을 삼키며 이 해결방안에 동의하는데 만족하고 있었다.

　몇 분이 지난 뒤 어떤 빈민가에 도착했다. 늪지대에 있는 그곳은 악취가 진동했다. 사방은 불빛이 보이지 않아 어두컴컴했다. 아버지는 시동을 끄고 헤드라이트를 껐다. 아연판으로 된 문은 삐걱거렸고 금방이라도 떨어져 나갈 것처럼 요동쳤다. 희미하게 촛불을 밝히면서 수척한 노파가 물에 번지듯이 슬그머니 나타났다. 아버지는 차에서 내렸고 노파는 머리를 숙여 인사했다.

　아무 말도 하지 않은 채로 아버지는 얼굴을 숙이면서 슬쩍 내가 있는 차 안쪽으로 시선을 던졌다. 노파가 재빨리 그 시선을 따라 갔다. 잠시 후에 노파는 승낙의 표시로 머리를 까닥했다. 그리고 아버지에게 손을 내밀었다. 아버지는 지갑을 꺼내 빳빳한 신권 지폐를 노파에게 건넸다. 노파는 흐릿한 양초 불빛 아래에서 지폐를 자세히 살폈다. 잠시 후에 눈이 번쩍 뜨이며 순간적으로 뒷걸음을 쳤다. 아버지가 내민 돈이 큰 액수라는 증거였다.

아버지는 차 문을 열었고 나는 땅에 발을 내디뎠다. 노파는 바로 나를 이끌고 갔다. 누추하고 염소의 배설물로 악취가 나며 졸음이 쏟아지는 집 안으로. 한 마디 말도 없이 노파는 나를 땅에 눕혔다. 바지를 내리고 속옷을 내렸다. 다리 사이를 힘 있게 벌리고는 양초를 바싹 대고 자세히 살폈다. 생식기 내부를 검사하고 있는 것이다. 나는 노파가 그곳에서 찾는 것이 무엇인지를 알고 있었다. 엄마가 종종 같은 장소에서 나를 해부하듯 수색하지 않았던가. 나는 꼼짝도 하지 않았다.

모스크의 첫 기도 알림종 소리가 고요한 침묵을 깼을 때 힘겨운 진찰은 끝났다. 노파가 분명 말을 못하는 사람이라고 생각하고 있었을 때, 노파는 나에게 옷매무새를 고쳐 입으라고 말했다. 나는 식은땀이 흘렀고, 그 노파의 강하고 탁한 음성을 따라 - 그것은 목구멍에서부터 울리는 소리였다 - 바지와 속옷을 올리고 일어났다. 노파는 나를 빈민굴 바깥으로 데려갔다.

아버지가 그곳에 서 있었다. 조금도 움직이지 않은 채로. 시선은 저 멀리 아득한 곳을 쫓고 있었다. 하늘은 서서히 희붐하게 밝아오고 있었고, 마치 그것을 기다렸다는 듯이 빈민가는 깨어나고 있었다. 그곳은 지옥처럼 추악한 곳이었다. 아이들의 울음소리, 옮겨 붓는 물소리, 목장으로 갈 채비를 서두르는 염소의 울음소리, 기도하는 남자들의 소리가 엉켜서 그 어느 것 하나 정리되지 않은 채 뒤범벅이 되어 있는 그런 지옥이었다.

아버지는 노파를 응시했다. 노파는 아버지의 시선에 맞서 쳐다보았다. 잠시 후에 노파는 머리를 좌우로 흔들었다. 오른쪽에서 왼쪽으로. 그리고 다시 왼쪽에서 오른쪽으로. 노파의 얼굴에 그 어떤 감정이나 표정이 나타나지 않았다. 마치 납덩이처럼 굳어 있는 얼굴은 아주 냉정하게 현실을 표현하고 있었다.

- 파멸이구나.

나는 스스로 그렇게 생각했다. 가구제조 견습공과의 탈선, 육체의 마찰, 그리고 그의 정액, 나의 고독 속의 기쁨인 자위행위로 인해 덧붙여진 어긋남, 나의 분비물, 이 모든 것의 의미는 내가 처녀가 아니라는 결론이지 않겠는가. 나는 순간적으로 어디론가 사라지고 싶었으나 조금도 움직일 수 없었다. 노파의 입이 필요 이상으로 커다란 미소로 일그러졌다고 생각했을 때, 노파가 아버지에게 연신 미소 지으며 말했다.

- 상태가 좋습니다. 그러나 공원에는 가지 말도록 하세요.

- 예, 예.

아버지가 대꾸했다. 그리고 아버지는 걱정스럽게 덧붙였다.

- 이제 남은 부분은 당신이 약속을 지켜야하는 것입니다. 살아 있는 한 절대로 남에게 말해서는 안 됩니다.

아버지가 다시 단호하게 말했다.

- 나는 약속을 지킬 것이고, 당신은 여권과 출입 허가증을 올해 안에 가지게 될 것입니다. 내가 그 일을 책임지고 할 것입니다. 신이 당신을 버리지 않는다면 당신은 올해 가을 이전에는 프랑스에 있을 것입니다. 거기서 당신은 프랑스로 간 아들들을 만날 것입니다. 당신은 나에게 감사의 선물로 오드 코롱²⁹⁾을 가지고 돌아올 것입니다.

그는 모든 이를 드러내 보이며 말을 이어 나갔다.

---

29) 향수.

이 얼마나 멋진가, 나의 아빠. 이 남자는 세상에서 가장 경이로운 존재다. 나는 장밋빛 눈물이 솟아 나왔다. 입과 코, 귀에서조차 솟아 나왔다.

아버지가 얼마나 잘 생겼는가, 나는 혼자 중얼거렸다. 그리고 그의 목을 껴안고 싶었다. 지금 당장 그의 팔을 잡고 세게 흔들며 척추가 삐걱거릴 정도로 껴안고 싶었다. 그를 향한 모든 내 사랑을 증명해 보이고 싶었다. 결국 내가 깨닫게 된 이 사랑은 맑은 급류처럼 나를 침범해왔고 여자죄인을 정화시킬 정도로 그렇게 투명하고 맑았다. 나는 그의 팔 안쪽에 머리를 파묻고 손을 낮추어 무릎을 꿇고 그의 발에 입맞춤하고 발가락을 핥으며 긴 외침을 할 준비가 되어 있었다. 이렇게 말이다.

- 당신을 사랑해요, 나의 아빠.

심지어 개천과 오물로 얼룩진 땅에 뒹굴 준비가 되어 있었다. 혹시나 나를 죽일지도 모른다고 생각했던 그 사람에게 애원할 준비가 되어 있었다. 신은 너를 보호하신다. 그러나 한편으로 다른 목소리도 끝없이 내 안에서 새어 나왔다.

- 나에게 삶을 부여한 신들과 숭배하는 조상들의 기억 속에 나를 지워버려라. 나를 찔러 죽여라, 나는 시궁창의 쥐다. 나는 인간쓰레기다, 세균 덩어리다. 나는 당신 같은 아버지에게 어울리는 딸이 아니다. 나는 변해야 한다. 아버지의 삶에 내가 침입한 이후로 원래 그래야만 되는 사람으로, 영혼으로. 아무런 훈계도 필요 없고, 전혀 격식을 차릴 필요도 없이. 이곳에서, 죽음의 악취를 풍기는 이 노파의 오두막에서. 나를 죽여라. 나를 화장해라.

이제 끝이 났다.

- 당신이 나를 너그럽게 봐주기로 결정했다면 모든 것을 잊는다고 나에게 약속해줘. 우리만의 비밀이니까. 나는 당신에게 약속할거야. 더 이상 당신을 배반하지 않겠노라고. 이제 나는 그 세네갈 출신 여자에 의해 거기가 잘

려나가고 굵은 강철로 된 실로 꿰매어질 것이다.

안개가 어렴풋하게 걷혀졌고 앞 유리창을 통해 나는 아버지의 갑자기 좋아진 기분에 덩달아 즐거웠으며 나의 천사에게 감사했다. 또한 이런 평온이 오래 지속되길 기원했다. 나는 노파의 이마에 인사하는 아버지를 지켜보았다. 마음이 흡족해진 그의 손에서는 두 번째 지폐가 나왔다. 그리고 나는 기쁨에 겨운 얼굴로 지폐를 주머니에 넣는 노파를 바라보고 있었다. 그녀는 한없이 기쁜 표정이었다. 드디어 나의 은인인 아버지는 새벽 공기에 젖을 대로 젖어서 차가워진 자동차를 출발시켰다. 차는 가볍게 달려갔다.

# 7. 아버지의 결정

15분이 흐른 뒤 아버지는 나를 대문 앞에서 놓아 주었다. 행운의 일치인가, 아니면 아버지가 교활한 여우처럼 모든 시간 계산을 미리 해 둔 것인지는 알 수 없었다. 내가 다시 침대에 슬쩍 들어갔을 때 엄마는 내 방 문을 닫았다. 엄마는 무거운 발걸음으로 하기 싫은 일을 하러 가는 듯 했다.

그렇게 하루가 흘러 다시 저녁이 왔고, 아버지는 자신의 결정을 선포했다. 저녁식사 이후로는 자신의 방에서 생전 나오지 않던 아버지였다. 하지만 그날은 유별났다. 계단의 포석 깔린 바닥을 망치로 내리치는듯한 걸음걸이가 복도를 지나 우리가 라디오 소리를 죽이며 후식을 시작하는 장소까지 뒤흔들릴 정도였다.

곧바로, 아버지의 실루엣이 문틈사이로 또렷이 나타났다. 그의 낮은 음성은 잘 들리지 않았다. 우리는 손쉽게 일기예보를 전해주는 기상 캐스터의 목소리에 덧대었다. 기상 캐스터는 늘 일기예보 말미에 "오로지 신은 알고 있다"는 멘트로 끝내곤 했다.

아버지가 곧 누군가 올 것이며 그들이 왜 오게 되는지를 설명하자, 엄마는 아연실색한 표정으로 수박에 칼을 꽂은 채 외쳤다.

- 설마 농담하시는 거겠지?

엄마의 고함 소리가 예사롭지 않았으므로 우리는 마음의 준비를 하고 있었지만 엄마는 더 이상 어떤 말도 하지 않았다. 조금 후에 엄마는 과일을 자르기 시작했고 냉소적인 침묵으로 아버지의 의견이 옳지 않다는 것을 시위하는 듯 했다. 아마도 반쯤은 걱정스러운 마음이 들었으며, 반쯤은 아버지가 농담하는 것으로 알았는지도 모른다. 아래 여동생은 시선을 허공에 둔 채 입술을 깨물었다. 쌍둥이들은 방금 들은 말이 무슨 의미인지를 이해하기엔 너무 어렸으므로 방 안 여기저기를 돌아 다녔다. 오빠들은 웃음을 억누르고 서로 윙크를 주고받았다. 나는 젖먹이가 조용해질 때까지 팔에 안고 가볍게 흔들어 주었다.

자비로운 나의 천사인 아버지는 자신이 내린 결정에 대한 이유를 설명하지 않았다. 그건 당분간 이 지붕 아래에서 그와 나만이 유일하게 알고 있는 비밀이기 때문이다. 아버지는 그들의 방문과 특히 그들이 내세우는 조건에 동의하라고 엄마를 재촉하였다. 후식을 먹지 않고 자신의 방으로 돌아가면서 아버지는 다시 한 번 강조했다. 엄마는 아버지의 명령을 어기려고 하지 않았다. 엄마는 일상처럼 히스테리를 부려 봤자 자신에게 아무런 도움도 되지 않는다는 것을 잘 알고 있었기 때문에 침묵으로 일관했다.

젖먹이는 오물거리는 것을 관두었다. 실내 공기의 후끈한 열기 때문인지 또는 흔들었기 때문인지 아기는 내 어깨 너머로 우유를 게워냈다. 아기의 토사물 냄새는 공기 속을 타고 빠르게 퍼져 나갔다. 나는 후식을 계속 먹고 싶었으나 엄마는 나에게서 그것을 빼앗았다. 그리고 말했다.

- 복습하러 가라. 일찍 자도록 해라.

그 다음 날 나는 한나절 내내 시험을 쳤다. 정오에 한 번의 휴식이 있었다. 나는 물이 없는 강가로 갔다. 나는 부족한 실력에도 불구하고 시험의 성공에 대한 행운을 기대했다.

수학시험은 오전에, 그리고 언어시험은 오후에 있었다. 아니다. 순서가 뒤바뀐 건지도 모른다. 나는 더 이상 모르겠다. 아니 기억이 송두리째 사라진 것인지도 모른다. 내가 가장 늦게 몇 사람의 수험생들과 함께 그 강의실을 나왔다는 것 외에는 아무 것도 기억이 나지 않는다. 나는 시험장에 도착하기 전에 내 앞에 앉은 여자 아이가 시험지를 들어 내가 그의 어깨너머로 볼 수 있게 해달라고 간절히 부탁했다. 그리고 그녀가 나에게 그렇게 해 주기를 기대했다. 하지만, 아무 일도 일어나지 않았다. 그 애는 시험 감독관이 종료를 외칠 때까지 시험에 집중했다. 나는 백지를 내는 수밖에 다른 방법이 없었다. 나는 남극대륙만큼 하얗고 텅 빈 백지를 내고 그 강의실을 나왔다. 그러니 내가 무엇을 기대할 수 있겠는가.

엄마가 내게 시험을 잘 치렀냐고 물었을 때 나는 엄마의 시선을 피하며 대답했다.

- 완벽했어요.
- 정말 잘했다.

엄마는 기쁨에 겨워 활짝 웃었다. 그녀의 눈자위에 가득 주름이 잡혔다. 나는 그때 알 수 있었다. 엄마가 안도의 한숨을 내쉬었다는 것을.

- 합격자 명단이 든 신문에서 네 이름을 발견하자마자 나는 그것을 꼭 붙들고 있을 것이다. 그러면 너는 학업을 이어갈 수 있지 않겠니. 얼마나 좋은

일이냐. 아마도 네 아버지는 기쁨으로 팔짝 뛰면서 배를 두드릴 것이다.

엄마는 그렇게 덧붙였다.

나는 저토록 행복하고 자부심 넘치는 엄마의 모습을 본 적이 없었다. 그건 내가 엄마에게 한 최초의 거짓말이었다. 엄마는 나를 믿는다는 표정으로 만족스럽게 지그시 눈을 감았다.

## 8.
### 딸

      우리는 음식 맛을 보기 위해 기다렸다. 우리는 방금 사막 도시의 관습에 따라 시에스타[30]에서 깨어났던 것이다. 봄은 이미 끝났고, 열기는 단봉낙타의 머리를 쪼갤 만큼 뜨거웠다. 대지는 더운 공기를 내뿜었고 날아다니던 파리도 공중에서 멈췄다가 땅 밑으로 떨어져 움직이지 않고 무너져 버릴 정도로 무더운 날씨가 계속되고 있었다.

    그 전날에 튀김을 반죽하며 엄마는 내게 말을 걸고 싶어 했다. 나는 두려웠다. 엄마가 말을 건다면 이 방문의 원인이 나에게 있음을 엄마에게 고백해야 했다. 엄마는 그렇게 생각하지 않은 듯이 보였고, 내 시험의 성공을 확신하고 있었던 것 같다. 다행히도 엄마는 내가 조심스럽게 말해야 하는 고백을 들을 마음이 없는 것 같았다. 엄마는 다시 튀김을 하기 시작했다. 엄마는 요정처럼 빵을 굽고 요리를 했다. 엄마의 요리는 맛이 참으로 기가 막히다. 엄마는 요리를 시작하면 밤을 새워가며 만들었다. 엄마는 건성으로 하는 것

---

30) 낮잠.

같았지만, 마치 자로 잰 듯이 정확하게 일을 해냈다.

　무더운 날씨임에도 나의 여동생들은 안마당에서 돌차기 놀이를 하고 있었다. 그들의 딱딱 거리는 발의 움직임은 포석위에서 아련하게 들렸고, 그 소리는 엄마를 성가시게 했다. 엄마는 여동생들에게 방으로 들어갈 것을 명령했고, 그들은 엄마가 다시 바깥으로 부를 때까지 그곳에 있어야만 했다. 그리곤 엄마는 욕실로 달려갔다. 큰소리로 헛구역질을 했다. 엄마의 뱃속에 새로운 생명이 자라고 있는 것이다.

　막내가 겨우 생후 7개월이었지만 아버지의 명령에 의해 엄마는 또 다른 고난의 길로 들어선 것이다. 임신의 터울을 두기 위하여 조심했던 엄마는 막내에게 젖먹이는 기간이라 방심했던 것이다. 하지만 막내는 이미 젖을 뗐다. 엄마는 자녀인 우리가 너무 많다는 사실을 알아차렸을 때 죽음이 삶보다 더 부드럽다고 생각했다. 엄마는 이성이 돌아오자 허공을 향해 비난을 퍼부었다.

　- 너희들 애비가 염소젖보다 다른 우유를 좋아 하는 통에….

　엄마의 헛구역질이 끝났을 때 엄마는 물을 그릇에 따랐다. 엄마는 찔끔찔끔 마시고는 긴 의자에 앉았다. 얼굴이 창백했다.

　엄마는 배에 손을 얹으며 말했다.

　- 아마도 아들일 거야.

　엄마는 아이를 밸 때마다 늘 그렇게 말했다.

　- 그 누가 알겠어? 신은 자비롭단다.

　엄마는 덧붙였다.

　- 딸이라면 엄마는 미생물처럼 귀찮아하고, 우리는 여전히 어려움에 봉착할 테니까.

이 또한 엄마가 아이를 밸 때마다 늘 하는 말이었다.

그러다가 갑자기 오늘 누군가 방문한다는 사실이 생각난 엄마는 자리에서 일어났다. 부엌에서부터 거실을 가로 지르며 엄마는 쟁반 위에 차와 튀김을 준비했다. 우리 집에서 가장 낡은 쟁반인 군데군데 알루미늄 녹이 슨 쟁반 위에. 몇 분이 흐른 뒤 모든 준비가 되었을 때 엄마는 찬장의 서랍에서 운을 맞춰보는 스페인 카드를 가지런히 내놓았다. 아버지는 이성적인《데카르트》[31]였으므로 미신에 빠지지 않는 것을 자랑했다. 하지만 엄마는 카드점을 즐겼고 그 순간에 나에게 다른 것을 해보자고 제안하며 내 앞으로 다가 왔다. 엄마는 활기차게 카드 치는 것을 반복했다. 이때가 바로 엄마와 처음으로 카드를 한 때였다. 평소에는 예언의 장르를 접하기에는 나를 너무 어리다고 생각했다.

- 그것은 천사를 기억하는 일이다. 천사는 예정된 계획에 개입하고 악령과 귀신을 부추긴다. 너는 더러운 여성부족에 소속되었기에 귀신이 네 주위를 맴도는 것이다.

세상에서 가장 진지해진 엄마는 이게 카드가 말한 너의 미래라면서 궤변을 늘어놓았다. 평소에는 신성하게 여겨 카드에 접근조차 못하게 했지만, 그날 엄마는 천사를 개의치 않았다. 나는 침착한 자세로 엄마가 그대로 하게 내버려 두었다. 카드는 지난 일을 말하지 않는다는 것을 알기 때문이었다. 날개 달린 천사는 엄마 정면에 나를 앉게 했다.

카드를 섞고 나서 엄마는 낡은 탁자위에 카드를 펼쳤다. 나에게 일부를 건네주고 그 중에서 일곱 개를 선택하라고 했다. 나는 오른쪽에서부터 뽑기를 시작했다. 선택된 마지막 카드에서 엄마는 그것을 뒤집고 열람한 후 다

---

31) 프랑스 철학자. 이성주의의 상징.

시 카드를 돌렸다. 또 다시 유심히 카드를 살폈다. 눈을 들고 나를 바라보며 엄마는 무기력한 음성으로 중얼거렸다.

- 나는 모르겠다. 아무것도 보이지 않았다.

투시 능력이 비상한 엄마는 시험에서의 나의 실패를 보았음이 틀림없었다. 그 유추는 나를 참으로 고통스럽게 만들었다.

엄마는 카드를 정돈하고 방으로 성큼성큼 걸어갔다. 엄마는 카드가 말하는 것을 해석하려고 애를 썼다. 그러는 동안에 방문시간이 다가오자 엄마는 늙고 추악해졌다. 엄마는 이성을 잃은 것 같았다. 나는 그런 모순을 이해하기 힘들었다. 엄마는 예 또는 아니오, 라고 말하면서 목이 빠지도록 혹은 턱이 깨질듯이 고함을 질렀다. 마치 편도선을 내뱉는 것 같았다. 엄마는 상당히 오랫동안 강하게 목에서 뭔가를 밀어내었다. 무척 고통스러운 모습이었다. 오로지 죽음만이 그것을 멈추게 할 수 있을 것 같았다.

그것으로 그치지 않았다. 엄마는 자신의 얼굴을 때리고 뺨을 잡아 뜯고 머리카락을 한 움큼 움켜쥐었다. 그리고 신을 찾았고, 예언자와 증인이 된 이 땅의 성인들을 부르면서 같은 동작을 반복하였다. 지식인인 아버지는 식민지 통치하에서 운영하는 학교를 마치고 졸업장을 받았으므로 지식이 없는 엄마에게 자랑을 하면서 이런 행동을 하는 엄마를 《쓸데없이 간섭하는 미친 것》이라고 불렀다. 아버지는 에르베 바젱의 소설 속에서처럼 오빠들에게 시크한 표정을 지으면서 허세를 떨었다. 오빠들은 엄마를 동정했고 아버지를 비난했다. 그러나 아버지가 그들을 위해 세운 학업 계획들의 큰 틀에는 동의했다.

- 네, 아버지, 영광스런 공부에 관한 계획이죠.

갈색 머리카락 오빠가 맞장구쳤다.

- 네, 아버지, 제한 없이 누릴 수 있는 문화에 관한 계획이죠.

붉은 머리카락 오빠가 한 술 더 떴다.

- 우리는 의사가 될 거예요.

갈색 머리카락 오빠가 대답했다.

- 우리는 의사, 비행기 기장, NASA 연구원이 될 거예요.

붉은 머리카락 오빠가 이야기를 이어갔다.

- 우리는 그랑제콜[32]에 들어 갈 거예요.

- 파리, 모스크바, 런던, 보스턴으로 공부하러 갈 거예요.

- 과학 학교들 말이지.

아버지가 힘주어 말했다.

- 그래도 역시 우리가 알고 있는 것은 문학가나 사상가인 볼테르, 라신느, 말라르메, 에르베 바젱.

오빠들은 연이어 대답했다.

- 너희들 아버지처럼.

아버지는 말했다.


아버지는 딸인 나에게는 어떠한 미래의 비전도 말하지 않았다. 아버지가 나에게서 기대하는 것은 내가 가방을 접고 가장 빨리 삶의 현장인 결혼으로 도망치는 것이 전부였다. 잘 되던 못 되던 상관하지 않았다. 나는 아예 아버지의 삶에 나타나지 말았어야 했다. 나타나봐야 상처가 되거나 아버지의 안락함에 해로운 도발이 될 게 분명하지 않은가.

옛날 예언자는 아버지에게 많은 남자 자손을 예언했었다. 그 예언은 우리

---

32) 프랑스의 최고 교육기관.

가 살고 있는 오아시스에서는 많은 사람들의 질투를 불러일으킬 정도로 부러운 일이었다. 그래서 아버지는 두 아들을 얻고 난 뒤 세 번째 자녀인 나의 출생을 예상하지 못했다. 설마 규방의 주인이 태어날 것이라고 꿈에도 생각하지 않았던 것이다. 그런 탓에 나의 성별이 알려졌음에도 나의 첫 울음소리 이후 몇 분 동안 아버지는 무척 당황하였다고 한다.

- 확실해요?

할머니에게 물었다. 우리 친할머니는 죽을 때까지 우리 집에서 함께 살았다.

- 그래.

할머니가 대답했다.

- 불가능한 일이에요. 나는 믿을 수가 없어요. 당장 확인해야겠어요.

그때 아버지는 평소에 자랑으로 여기던 전설적인 침착함을 포기하고 말았다.

확인을 하고 난 후에, 더 이상 기적이 일어날 수 없다는 현실을 인식하자, 조상 대대로 내려오는 혈통이 말해주는 대로 의기소침해져 단념했다. 극도의 실망감때문에 가족들에게 침묵하라는 명령에도 불구하고 사실은 크게 퍼져 나갔다. 선술집과 하맘[33]을 오가며 허풍을 북돋우고 목을 덥게 했다.

이후 수일동안 아버지는 방문을 걸어 잠그고 지냈다. 먹지도 않고 씻지도 않고 다른 사람들의 방문도 거절하며 포도주통과 아니스 향료를 넣은 큰 통을 부어라 마셔라 거덜내면서 이따금 그의 소유인 엄마를 호출했다. 이후 조용하고 신중하게 그는 첫 간통을 저질렀고 주변 어른들의 공모로 주도면밀하게 두 번째 간통까지 해치웠다. 부부 서로 간에 드러나는 난처함을 숨

---

33) 대중목욕탕.

기지 않은채 그는 일부다처제 법을 이용하고 있었다. 그 법이란 나폴레옹법전 또는 율법서, 적어도 만인을 위한 법전이어야 하지 않은가! 그리고 그는 결정적이었던 범행현장에서 신과 남자들 앞에서 엄마를 버리고 그의 정자에 맞는 여성과 빠른 시일 내에 재혼할 거라는 독설을 마지막으로 방황을 끝마쳤다.

나는 첫 딸이었고 세 번째 자녀였다. 예언자의 예언이 없었더라면 엄마는 아버지가 나를 받아들이는 환상을 품었을 것이다. 어쨌든 아버지는 나를 그토록 내팽개치지는 않았을 것이다. 아마도 그는 우리 모두를 받아 들였을 것이다.

내가 태어난 이후 몇 번의 유산이 있었고 이후에 네 명의 딸과 아들 한 명이 태어났다. 그 예언자가 나의 출생 때 이 세상에 있었더라면 엄마를 악착스레 괴롭혔을 것이고 나의 아버지는 추호의 의심도 없이 그를 죽였을 것이다.

- 그는 엄마가 아름답다는 것을 몰랐다. 허풍쟁이에 불과하지.

엄마는 한 바탕 쓴 웃음으로 아버지에 대한 간통죄 기소를 없었던 일로 덮었다. 그렇지 않았더라면 아버지는 평생 동안 그 기소를 화제로 삼았을 것이다. 명시적인 방법이든 암묵적인 방법이든 가리지 않고. 그렇게 되면 엄마는 그런 상황을 나중에는 견디지 못하고 정신이 피폐되면서 결국 정신착란을 일으킬 지도 모르는 일이었다.

- 나의 연인, 신은 영혼을 지녔다.

엄마는 가끔씩 알 수 없는 말로 중얼거렸다. 아무리 앞 뒤를 연결하려 해도 맞추어지지 않았지만 전혀 의미가 없는 것도 아니었다.

- 왜 그렇게 해 대는 데도 더 이상 아들이 만들어지지 않는 건지. 나의 연인, 너희들 아버지는 성미가 급하고 대단한 기력의 소유자지. 부드럽고 섬세

하고, 어떤 일이든 잘하는 참으로 좋은 사람이지…. 하지만, 더러운 놈, 그 결핵환자는 나를 밤마다 강간했지. 한 시도 멈추지 않았어. 너희들에게는 아버지가 필요하지. 아버지라는 이름에 합당한 그런 아버지. 너희들은 공부를 계속 할 수 있을 거다. 오늘날 잘 나가는 여성처럼 자유롭고 질투 받는 여자들이 될 거다. 아버지는 너희들을 자랑스럽게 생각할 거다. 너희들 아버지, 나의 부드러운 연인.

엄마는 목소리를 높여가며 반복했다. 마치 아버지가 그것을 들으라는 식으로. 나의 연인… 엄마는 결국 울부짖음으로 마쳤다. 한창때의 남자들이란… 정말 어쩔 수 없어. 결국 엄마는 아버지의 간통을 마음 저편에서는 용서하지 못한 것일까.

생후 8개월 이상동안 아버지는 내가 누워있는 요람에 관심을 기울이지 않았다. 다른 사람 같으면 자신과 닮은 곳을 찾기라도 할 텐데 아버지는 전혀 그러지 않았다. 엄마는 결코 나를 보여주지 말라는 아버지의 명령에 따랐다. 그런데 어느 날, 아버지가 나를 보러 왔다. 엄마는 안마당에서 양털 가죽위에 조심스레 나를 놓았다. 그날따라 아버지는 직장에서 훨씬 일찍 돌아왔다. 아마도 나를 보기 위해서 그런 것 같다.

- 사람들이 소년이라고 말할 거야! 그는 기뻐서 어쩔 줄 몰랐다.

엄마와 할머니가 마당으로 나를 데리고 나오기 위하여 여자아이 옷을 입혔을 때 아버지는 소리 쳤다.

- 괜찮아요. 아이를 꾸미지 말고 그대로 둬요.

한동안 그는 기침을 했다. 그리고 기침이 진정되자 주의 깊게 나를 살펴보았다. 자신만의 생각에 도취된 그는 결론을 내렸다.

- 아이야, 너는 남자의 모든 것을 갖게 될 것이다. 정신, 지성, 용기, 그리

고 힘….

- 이 어깨 좀 봐요. 그리고 이 아이의 눈매를 좀 봐요. 마치 아랍 전설 속의 새처럼 강인한 눈매잖아요. 아무리 봐도 이 아이는 딸처럼 보이지 않아요.

그리고 엄마를 보면서 말했다.

- 당신은 이 아이에게 남자들의 일을 시켜야 해. 이 아이에게서 장밋빛깔도 하얀 빛깔도 보고 싶지 않아. 근데 이름은 지었어?

- 자밀라[34].

엄마와 할머니는 말을 더듬었다. 그것은 《예쁜》이라는 뜻이다. 아버지는 대뜸 호통을 쳤다.

- 그런 이름은 아이의 외양을 전혀 고려하지 않은 거예요.

그리고 다시 기분을 가다듬으며

- 그러니까 이제부터 자멜[35]이라고 부르는 게 어때?


몇 달 후에 나는 배냇 머리를 밀었다. 나는 대머리로 다시 태어나게 되었고, 이렇게 두발 달린 짐승으로의 내 삶은 시작되었다. 어느 날 또다시 아버지는 나를 천천히 관찰하다가 이내 얼굴이 어두워지면서 말했다.

- 몸을 너무 좌우로 흔들잖아.

- 머리카락은 왜 저렇게 지옥같이 붉은 거지?

그것으로 끝이었다. 나에 대해 더 이상 한 마디도 하지 않았다. 나를 더이상 부르지도 않았다. 내 이름이 자멜이던 자밀라이던 전혀 상관이 없었

---

34) 여자아이 이름.
35) 남자아이 이름.

다. 더 이상 나를 걱정하지 않았다. 그의 세계에서 나는 더 이상 고려할만한 대상이 아니었던 것이다. 아니, 아예 존재하지 않았던 것이다. 심심할 때 정강이를 발로 차는 존재에 불과했다. 그는 사정없이 일격을 가하곤 했다. 특히, 우리 집에 손님들 - 아버지의 동료들, 형제들, 누이, 나의 여사촌들 - 이 왔을 때 더욱 심했다. 그들은 아버지가 나를 그토록 악착스럽게 괴롭히는 것을 보고 깜짝 놀라고는 어리둥절한 표정을 지으며 이렇게 말했다.

- 너는 도대체 네 아버지에게 무슨 잘못을 한 거니?

그는 나를 다른 사람을 웃기기 위한 도구쯤으로 생각했다. 그가 나를 심하게 때리면 때릴수록 다른 사람들이 기뻐할 거라고 생각한 것이다. 하지만, 누가 그런 행동을 보고 웃겠는가! 그런 행동 속에는 남들에게 과시하기 위한 마음도 담겨 있는 것 같다. 자신은 여자 자식을 제 마음대로 부린다는 것, 여자들을 전혀 의식하지 않는다는 것, 자신의 집 여자들은 모두 그에게 소속되어 있다는 것을 남들에게 은근히 자랑하고 싶어 하는 그런 치졸함 같은 것이 그에게는 분명히 있었다.

오늘날에도 여전히 남아 있는 나의 굴레 속 상흔에 대한 고통과 저 갈색 무리들은 마치 내가 전날에 당한 것처럼 느끼게 해 주곤 하지만 그것은 또 다른 이야기일 뿐이다.


그가 나에게 말을 건네지 않는 것, 그가 나를 바라보지 않는 것은 일종의 어떤 명령으로 보였다. 나는 스스로 물어보았다.

- 아버지란 결코 딸과는 대화하지 않는다. 남자는 딸, 누이들, 부인에게 정성을 기울이지 않는다. 오빠들도 어른이 되면 나에게 말을 하지 않을 것이다.

한편으로 나는 또 이렇게 생각했다.

- 자비로운 신이시여, 그들이 더 이상 나를 괴롭히지 않게 하소서. 그들이 더 이상 나를 증오와 멸시를 담은 채로 역겨운 턱을 거만하게 들며 바라보지 않게 하소서.

그 당시 나는 남자들에 대해서 착각을 하고 있었다. 남자들은 나이가 먹는다고 해서 그들의 근본적인 생각이 달라지는 것은 아니었다. 하지만, 조금씩은 나아지는 부분도 있었다. 결혼한 남자들과 한 집안의 아버지들은 가끔씩 너그러운 때도 있었다. 그런 성정 때문에 나는 그해 여름에 죽음을 모면할 수 있었다.

아버지는 가끔 엄마를 암퇘지라고 불렀다. 나는 아버지의 이런 행동을 증오하고 마음속으로 비난했다. 엄마는 그럴 때마다 똑같은 행동을 하였다. 소리 지르고 자신의 얼굴을 때리고 쥐어뜯고 머리채를 뿌리째 뽑듯이 잡아당겼다. 입으로는 신과 선지자들의 이름을 부르짖으면서….

# 9.

## 강 제 결 혼

    그날 엄마는 소리 지르지 않았다. 머리채를 쥐어뜯지도 않았으며 자신의 얼굴에 주먹질을 하지도 않았다. 그녀는 신과 선지자를 찾지 않은채 침묵으로 일관했다. 아버지가 엄마를 찾아올 때, 그녀는 반쯤 걱정되고 반쯤 의심되는 그런 표정이었다. 하지만 시간이 흘러갈수록 엄마의 얼굴은 이상할 정도로 일그러져 있었다. 그리고 때가 왔다.

    출입문의 삐그덕거리는 소리와 안마당에서 들려오는 사람들의 와자지껄한 소리에 엄마는 간신히 이성을 찾았지만 머리에서부터 발끝까지 벌벌 떨었다. 땀으로 번들거리는 빨개진 볼, 눈에 띄게 움푹 들어간 눈, 엄마의 얼굴은 고통으로 처참하게 일그러졌다. 마치 공포에 젖은 미친 사람 얼굴 같았다.

    엄마가 안마당 중앙에서 방문객들의 존재를 알아차렸을 때, 갑자기 그녀의 얼굴은 노랗다못해 잿빛으로 변했다. 마치 옛날에 수의를 입은 할머니의 피부와 닮은 듯했다. 하지만, 도무지 빠져나갈 길이 없는 강제결혼은 범죄

행위가 있었던 그날 이후로 아버지가 부지불식간에 나에게 가하는 무언의 협박에 비하면 차라리 덜 나쁜 일인지도 모르겠다. 어쨌든 집을 벗어나는 해방이 아닌가.

하지만 내가 엄마의 눈 흰자위만을 보았을 때는 고통이 밀려왔다. 그것은 돌처럼 딱딱하게 굳은 나의 배 근육 언저리에서 시작되고 있었다. 나는 목구멍에서 터져 나오는 오열을 간신히 억누르고 모든 것을 엄마에게 고백하려고 했다. 그때, 난데없이 딸꾹질이 나왔다.

- 엄마, 모두 내 잘못이에요. 엄마는 아무런 잘못이 없어요. 만약 강제결혼이라도 하지 않으면 아버지는 나를 죽일 거예요. 그리고 엄마는 버림을 받고, 사막에 내던져질 거예요. 여동생들은 아버지에게 두 손을 싹싹 빌고 엄마는 이 공포스런 상황에서 떠나게 되겠지요.

하지만 내 목구멍 밖으로는 아무 말도 나오지 않았다. 손수건으로 얼굴을 닦으면서 엄마는 여러 차례 숨을 들이마셨다가 내뱉었다. 억지로 참았던 눈물이 눈자위에 흘러내려오면서 눈물방울이 맺혔는지 무지개가 거기에 서려 있었다. 엄마는 나지막하게 중얼거렸다.

- 울지 마. 우리는 그들을 맞이할 거다.

머릿속이 뒤죽박죽이 된 나는 "우리 몸을 따뜻하게 해줄 나무를 그들에게 보여줄거다"라고 이해했다. 순간 나는 긴장이 풀리려고 했다.

- 엄마, 제발 바보처럼 굴지 마세요.

하마터면 나는 그렇게 말할 뻔 했다.

엄마가 돌아가시기 전에 전화로 내게 말했다. 그때는 수년이 흐른 뒤, 엄마의 죽음이 있기 몇 주 전이었다. 당시 엄마는 현실을 알지 못했고 오지 않을 것은 바라지도 않았다고.

여자들은 모두 네 명이었다. 그녀들은 왜소하고 가느다랗고 하얗고 색이

바란 베일 아래에서 새어나오는 바람을 일으키며 서 있었다. 내 나이 정도로 보이는 소녀도 있었다. 그녀는 이마에 여드름 꽃이 가득했다.

나는 그 전에는 이 여자들의 존재를 알지 못했다. 그래서 나름대로 생각을 해 보았다. 그때는 막 식민지에서 벗어난 상태였으므로 공포는 사라졌고, 평온함이 지배하고 있었으므로 남자들과 여자들이 가정을 만들기 전에 서로의 조건을 놓고 협상을 한다고 생각했다. 그리고 이들은 그런 일을 하는 사람들이라고. 하지만 어떻게 생각해도 그녀들은 다른 세상의 역사 속에나 어울릴 법했다.

그때는 또한 부족의 율법으로부터 자유로워진 젊은이들이 자신들을 자유롭게 해 줄 신분증, 시민권도 없이 여자들, 딸들, 누이들을 싼 값으로 팔아넘기면서 그들의 압제자에 복수를 했다. 또한 괴롭힘을 당한 남자들은 이런 여자들을 돈으로 사들여 가두고 강간하고 때리던 시기였다.

갑자기 나는 이 방문객들에 대한 얘기를 들어 본 기억이 났다. 하맘에서 여자들의 결혼 관련 수다 속에서. 나는 봄이 끝나갈 무렵인 그날 우리집을 방문한 사람들이 싫지 않았는데 엄마의 화난 눈 흰자위를 보는 순간 그들을 내쫓아버리고 싶었다.


갑작스레 메마른 눈을 하고, 양미간을 잔뜩 찌푸린 채로 엄마는 안마당과 거실을 구분하고 있는 커튼을 열었다. 엄마는 그들이 모두 가까이 올 때까지, 거의 몇 발자국 밖에 떨어지지 않은 거리에 이를 때까지 문이 열린 틈에 서 있었다. 끝내 엄마는 표면에 나서지 않았다. 콧구멍과 입으로 바람을 일으키며 그녀들은 신을 벗고 거실로 들어왔다. 광주리를 내린 소녀는 단아하게 그러나 시선은 나를 피하면서 들어왔다.

네 명의 여자들은 벽에 놓인 긴 의자에 앉아 베일을 벗었다. 뺨, 목, 가슴까지 축 늘어져 무기력해 보였다. 피부에는 생기가 없었다. 그들은 코사지에서 뽑은 행주 같은 넓은 손수건으로 연신 얼굴의 땀을 닦았다. 그들의 호흡이 정상적으로 다시 되돌아 왔을 때 그들은 입을 열었다. 그들은 갈증을 풀고 싶어 했다.

엄마는 이제 귀까지 멀었는지 움직이지 않았다. 내가 그들에게 마실 것을 가져다주었다. 물을 식히는 질그릇 물병에 있는 물이 아닌, 신선하고 향기가 나는 물, 냉장고에서 막 꺼낸 멋을 부린 물이 아니었다. 소련제로 오래전부터 기다려서 비싼 가격에 구입한 귀하디귀한, 최근에야 배달된 플라스틱으로 된 손잡이가 달린 물병에 든 물이 아니었다. 그냥 수돗물을 병째 직접 줬다. 그들은 내가 준 소변처럼 텁텁한 물 말고 시원한 물을 원하고 있었다. 하지만 나는 그녀들의 요구를 무시했다. 그녀들은 이에 대해 아무런 불평도 제기하지 않았다.

그때, 나는 빈민가의 그 노파를 알아보았다. 그녀는 아주 말쑥해져 있었다. 다른 사람들처럼 그녀는 꽃으로 장식했다. 그녀에게서 역겨운 포름알데히드에 가까운 향수 냄새가 났다. 그 향수는 아주 싸구려로 초록빛이 돌았는데 모든 지방에서 구할 수 있을 정도로 흔했다. 마치 나의 할머니가 죽었을 때 방부제로 사용하기 위해 사용할 법한 그런 향기를 지니고 있었다.

나는 거실에서 나오려 했지만 엄마가 나에게 머물러 있으라는 신호를 보냈다. 그 신호는 나를 짜증나게 했다. 나는 노파들의 무리를 좋아하지 않았다. 나는 정원으로 나가고 싶었다. 야자수 밑동에 기대어 편하게 앉아 있고 싶었다. 개울가 옆에서 책을 읽거나 낮잠을 자고 싶었다.

그 《비밀》은 잘 유지되었다. 나는 하품을 하는 빈민가의 그 노파에게 눈을 찡긋해 보이며 스스로에게 말했다.

- 아버지는 그 노파에게 폭넓게 사례를 했잖아. 빳빳한 지폐로 많은 돈을 줬고 여권과 출입 허가증을 아낌없이 줬어. 설사 아버지가 《범죄행위》를 미리 계획했더라도 아버지는 공공연하게 세상에 알리지 않았어. 딸이 공원에서 자폭했다는 것, 누추한 집에서 《딸의 명예》를 확인했다는 것에 대해.

- 결혼을 꿈꾸는 딸은 그렇게 빨리 처녀성을 잃지 말아야만 하는가?

나는 그렇게 엄마에게 외치고 싶었지만 꾹 참았다. 나는 그저 가만히 있었다. 나와 같은 눈높이에서 발가락을 살피는 빈민가의 노파를 제외하고 그들은 나를 이모저모 뜯어보았다. 그때서야 나는 깨달았다. 그들은 나를 보러 온 것이다. 엄마는 그들에게 내가 사람을 대접하기 위하여 엄마를 도우러 온 이웃집 딸, 즉 집안의 조카라고 속였다. 아마도 나는 그들의 마음에 들지 않았을 것이다. 엄마의 말에 따라 나는 겨드랑이에 구멍 난 티셔츠와 속옷, 낡은 바지를 입고 있었으며, 기름기 많고 헝클어진 머리를 전혀 손질하지 않았던 것이다.

차는 식었고, 튀김은 물기가 생겼고 굳어버렸다. 마치 고무처럼 보였다. 그들은 차도 튀김에도 손을 대지 않았다. 엄마는 음식을 다시 내오지 않은 채 그냥 두었다. 그녀들이 선물 보따리를 풀었을 때 엄마는 말했다.

- 내 딸은 결혼하지 않습니다.

가장 엉덩이가 넓은 여자가 펄쩍뛰며 깜짝 놀랐다.

- 보석상인 가문에서 결혼을 원합니다.

- 우리도 그 점을 알고 있지만 관심이 없습니다.

엄마가 말했다.

- 이 아이 아버지는 그렇게 말하지 않았습니다.

- 이 애 아버지는 무책임합니다. 나는 그것을 따르지 않습니다. 이 사회에서 말하는 여자는 꼭 결혼해야 하는 숙명을 타고 났다는 것을….

- 이미 결혼에 대한 말이 오고 갔습니다.

- 어떤 말이 오갔다는 것입니까?

엄마가 권태로운 듯 한숨을 쉬며 말했다.

- 그러니까, 당신은 이 결혼을 허락할 것입니다. 당신의 딸이거나 당신의 손녀들에게 제공될 것들을 보면 틀림없이 허락할 것입니다. 요구하는 게 뭔지 모르겠군요. 혹시 당신이 젊고 모든 여자들 중에서 혼자만 강요에 의해 결혼했다고 생각하시는 겁니까? 천만에요. 지금 당신이 이 결혼을 허락하지 않으면 당신은 지금보다 나이가 두 배나 많은 여자, 공부를 한 여자를 데리고 있을 것입니다. 그때가 되면 당신은 딸에게 빨리 결혼하라고 들들 볶을 게 틀림없습니다.

- 나는 이 도시에서 가장 큰 집안과의 약혼을 거부하는 게 아닙니다. 나는 약혼 자체를 거부하는 것입니다.

엄마는 거의 외치듯 말했다.

- 보석상인 가문에서는 이미 결혼 서약에 의사를 표시했습니다.

중매인 대표는 명확하게 잘라 말했다.

- 결혼을 서두르는 사람은 바로 아이 아버지입니다. 그는 명확한 이유가 있는 것 같습니다. 그러니 잘 생각해보세요. 이 사람들은 금방이라도 생각을 바꿀 수 있습니다.

그녀는 덧붙였다.

- 내 딸은 학업을 위해 다음번 학기부터 기숙학교에 갈 것입니다. 수도에 위치하고 있는 기숙학교에 말입니다.

엄마가 응수했다. 엄마는 순간 그 말이 자랑스러웠는지 가슴을 중매인 앞으로 쭉 내밀었다. 그 어디에도 중매인을 의식하는 모습은 보이지 않았다.

- 내 딸은 원하는 사람과, 그리고 결혼하고 싶을 때 결혼을 할 것입니다. 20년 안에, 혹은 30년 안에, 인샬라. 어쩌면 결코 결혼을 안 할지도….

결혼 이야기가 오가고 있을 때, 시험 결과는 여전히 발표되지 않았다. 오빠들은 매일 아침 신문을 보았다. 그들은 신문을 대수롭지 않게 대충 훑어보고 나의 시험 합격을 확신하는 엄마 앞에서는 신문을 세밀히 검토했다. 기적을 바라는 엄마는 이미 카드의 예언을 증오했으며 더 이상 카드를 펴보거나 숭배하지 않았다.

- 결혼을 원하는 사람은 바로 아이의 아버지입니다.

중매인 대표는 정확하게 꼬집어 말했다.

- 결혼을 그의 마음대로 할 수만 있다면 그는 이 아이, 즉 당신의 딸을 여름이 채 끝나가기 전에 그에게 넘겨줘야 할 것입니다.

아이러니하게도 그녀는 환심을 사려고 애썼다. 그리고 덧붙였다.

- 더군다나 독신은 우리 종교에서는 금하는 일입니다. 하지만 알라는 소중한 딸을 생각하는 당신의 마음을 용서할 것입니다.

- 그리고 그는 당신의 후손을 축복할 것이고 더 이상 이러한 방법으로 그의 딸들이 결혼하는 것을 놔두지 않을 것입니다.

엄마는 조용히, 그리고 에너지를 되찾은 듯 또박또박 대답했다.

- 그들에게 나의 딸은 해당되지 않는다고 말하십시오. 이 아이는 아직 그 어떠한 것도 알지 못합니다. 이 아이는 걸레나 잡고 있지 않을 것입니다.

- 아이는 배울 것입니다….

- 보다시피 아직 작은 어린 아이입니다.

작고 어리다는 것은 맞는 말이 아니다. 내가 아직 열 네 살도 되지 않았으니 어린 건 사실이지만 옛날 같았으면 결혼 적령기인데다 키는 160cm 정도로 엄마랑 거의 비슷했다. 엄마는 신랑 측에서 가져온 지참금을 보고는 깜짝 놀라며 불쾌해했다.

나는 소문에 대한 비난과 모욕을 기다리면서 엄마에게 아무 말도 하지 않았다. 엄마는 의자쿠션을 들어 올리다가 우연히 더러운 내 속옷을 발견했다. 나는 어떻게 해야 할지를 몰라 망설이면서, 빨아야 할지 버려야 할지 고민하다가 처리하지 못한 채 숨기고 있었던 것이다. 내가 소변을 누면서 첫 월경의 흔적을 보았을 때의 경이로움처럼, 아침에 나는 천사들이 도와주려 한다는 사실을 의심하지 않았다. 어느 날, 천사 부줄은 분명 나를 도와주러 올 것이다. 엄마는 더 이상 문제가 확대되는 걸 원치 않는 듯 월경으로 결론을 내렸다. 그녀의 안타까운 탄식이 차라리 나에게는 냉담하게 들렸다.

- 세상에, 너는 겨우 열 한 살이구나. 이럴 수가, 오, 신이시여, 나 역시 네 나이에…. 저런, 불쌍한 것, 너는 나를 닮는구나. 제대로 영글지도 못하고 늙어가는 거야?

사람들은 내가 월경을 시작했다는 것을 알지 못했다. 나 또한 어느 누구에게도 말하지 않았다. 내 유일한 친구인 판사댁 딸에게도 비밀에 부쳤다. 월경이 나온 후에 내 몸은 부쩍 성숙해졌다. 모두가 내 몸이 성숙해지는 것을 눈치 챌 정도였다. 이때부터 아버지는 도가 지나친 강박관념 증상을 보였는데 그것은 어느 날 갑자기 내가 임신할지도 모른다는 불안감 때문이었다. 남 몰래 아버지의 집 지붕아래서…, 그런 일은 말도 안 되는 일이었다.

중매쟁이들은 엄마를 설득하다가 진저리를 치기 시작했다. 나 또한 지겨워지기 시작했다. 그들은 엄마의 손님에 대한 성의 없는 대접과 결혼에 대한 편견에 가까운 고집, 그리고 엉뚱한 변론을 듣다가 꺾이고 있었던 것이다. 그들은 중매쟁이로서 상대방 가정의 유리한 조건들을 과시하는 임무를 포기한 채 그저 최소한의 가능성을 설명할 뿐이었다.

- 이 아이를 보십시오.

엄마는 승리에 도취된 듯한 목소리로 단호하게 말했다.

- 자, 한 번 보시라니까요. 이 아이는 부엌데기만도 못해요. 내 도움 없이는 머리도 빗지 못하는 아이라니까요. 얘는 보석상인 집안의 골칫거리가 될 겁니다. 당신들은 이 아이를 데려가는 순간부터 그들에게 비난을 받는다는 것을 왜 모르는 겁니까. 제발, 제 말을 들으세요.

엄마는 그렇게 말을 맺었다.

중매쟁이 대표는 눈을 돌려 나를 보았다. 그리고는 손짓으로 지시했다. 펼쳐 놓은 선물들을 다시 포장하라는 뜻이었다. 선물, 설탕, 커피, 밀가루, 옷감, 속옷, 커튼, 시트, 식탁보용 원단, 내가 가장 예쁘다고 생각한 하얀 레이스가 달린 테이블보. 그러고 보니 나는 테이블보가 없었다.


- 당신은 지금까지 내가 한 말을 말해야합니다.

엄마는 재촉했다.

- 내 딸은 결혼하지 않는다고 말해야 합니다. 이 아이가 꼭 보석상인의 아들과 결혼해야 하는 것은 아니지 않습니까. 신은 결혼을 보호하고 축복해주지만 보석상인의 아들에 비하면 이 아이는 초라한 배우자이며, 그 집안의 거추장스러운 며느리가 될 뿐입니다. 다시 한 번 저 아이를 보십시오. 모든 신의 이름으로 진지하게 저 아이를 보십시오. 저런 아이를 결혼시킬 수 있겠습니까? 신도 선지자도 허락하지 않을 게 분명합니다.

- 아이샤는 열 살도 되지 않아 결혼하지 않았습니까?

중매쟁이가 날카롭게 쏘아 붙였다. 하지만 엄마는 조금도 물러서지 않았다.

- 보석상인의 아들은 선지자도 시인도 아니지 않습니까.

빈민가의 노파가 참다못해 입을 열었다.

- 결혼은 가장 적당한 나이에 치러야 합니다.

- 내 말을 못 알아듣습니까. 이 아이는 그 나이가 되지 않았습니다.

엄마가 말을 받았다.

- 이방인 같은 여인이여, 우리는 논쟁하기 위해 여기에 있는 것이 아닙니다.

중매쟁이 대표는 대꾸했다.

엄마는 다시 말했다.

- 우리 아이가 아직 혼기에 차지 않았다는 것을 나는 이용할 것입니다. 누구든 모든 것을 할 수 있지 않습니까. 내가 거짓말을 하는 것은 아닙니다. 내가 당신에게 말하는 이 시간에 오아시스 전체가 우리가 말하는 대화내용을 알게 될 것입니다. 나는 내 딸을 결혼시키지 않을 것입니다. 차라리 하녀나 은둔자로 만들 것입니다. 이제 당신들은 인정해야 합니다. 우리 아이가 학업을 위해서 결혼하지 않는다는 사실을.

- 공부는 뭣 하려고 합니까? 결혼한 여자가 공부하는 것을 본 적이 있습니까?

빈민가의 노파가 중매쟁이들을 거들고 나섰다.

누군가 의미심장한 시선으로 나를 쏘아 보았다. 엄마는 강제결혼 계획에 반대했고 그 누구라도 그 결정을 뒤엎는 것을 용납하지 않았다. 음산한 한기가 내 등을 스쳤다. 나는 그 순간 그 빈민가 노파의 누추한 집 땅에 다시 드러누워 있는 것만 같았다. 벌린 다리 사이로 내밀고 있던 노파의 코. 그리고 나는 입술을 굳게 다물며 그 노파의 입술이 뭔가를 말하기 위해 움직인다고 상상했다.

- 너는 너 자신을 누구라고 생각하지, 이방인 여자? 너는 네 안에 내재되어 있는 두 가지 가능성 중에서 어떤 것을 선호하는 거지? 차라리 결혼을 하는 것이 어때? 누가 네가 공부할 가치가 있다고 믿어주겠는가? 너는 여자들이 공원에서 소변보는 것이 금지되어 있는 것도 모르지 않는가.

엄마의 목소리는 나를 끔찍한 상상에서 건져주었다.
- 아무튼 내 딸은 공부를 할 것입니다. 나는 이 아이가 그동안 배운 프랑스어를 잊기를 원하지 않습니다. 이 아이도 우리처럼 의사에게 아픈 곳을 설명하기 위해 통역을 거쳐야만 한다고 생각하십니까? 우리처럼 손가락 지문으로 신분증에 서명하는 신세가 되어야 하는 것입니까? 프랑스어가 적힌 자기 아이들의 공책을 읽지 못하고 그냥 물끄러미 바라보고 있어야 옳다고 생각하는 겁니까? 엄마는 일부러 목소리를 낮추어 말했다.
- 남자들은 그것들을 이해할 것입니다.
중매쟁이 대표는 엄마의 말을 자르며 말했다.
- 당신 조상들을 말씀하시는 겁니까?
엄마는 그녀에게 쏘아 붙였다. 그리고 말을 이었다.
- 당신 아들은 이맘(imam)이니 여성이 공부하는 것을 비난하겠지요….
결국 중매쟁이들은 엄마에게 지고 말았다. 레이스로 된 테이블보가 삐죽 나온 광주리를 묶으면서 입술을 꽉 다물고 둥근 테 안경을 쓴 중매쟁이 대표는 고개를 끄덕였다. 그녀들은 이제 결정했고 엄마의 뜻에 찬성했다.
예쁜, 소녀, 배운, 강하고 에너지 넘치는, 진정한 선물, 이런 것들은 순종적인 여자를 위한 미덕이 아니다. 이제 그는 이 계획을 멈출 것이다. 결혼을 거부하는 이유가 너무도 못생긴 딸은 그의 신용을 떨어트리고, 나아가 그의 짐이 될 게 분명했다. 그에게 어떤 선물도 보장해주지 않을 것이다. 그는 이제 다른 누군가를 찾아 나서게 될 테고 보석상인 가문은 그를 따를 것이다.

이후로 네 명의 여자들은 한 마디도 말하지 않았다. 떠들썩하게 들어올 때의 모습과는 달리 네 명의 여자들은 다시 베일로 몸을 감싸고 서둘러 안마당으로 나갔다. 우리는 그들이 떠나는 것을 지켜보았다. 여자 둘이 광주리 하나를 들고 땀을 줄줄 흘리고 입과 코에서 바람을 일으키며 떠나가는 모습을.

현관문의 경첩이 닫히는 소리가 나자 엄마는 웃음을 터뜨리며 말했다.

— 그 여자들은 나를 욕하겠지. 나에게 저주를 퍼붓고 나의 조상들, 우리 집안이 시작되던 때의 1세대의 첫 배아까지 들먹이면서 저주하겠지. 그러나 그건 내게 별로 중요한 일이 아니야. 나는 손에 메달을 쥔 아이처럼 발을 동동 구르며 기뻐할 거야. 잔 다르크, 너는 이겼어. 네가 최후의 승리자가 된 거라고.

# 아버지의 명분

　　같은 날 저녁, 식사 시작을 몇 분 앞두고 아버지는 평소처럼 조용했다. 아버지는 약간 심술궂은 편이기는 했지만, 조용한 성격이었다. 더 정확하게 말하자면 차가운 성정을 지녔다고 할 수 있을 것이다. 아버지는 앞에서 밝혔듯이 어떤 일에도 흔들리지 않을 정도로 냉철한 사람이다. 그런데, 그날 저녁 아버지는 분노에 휩싸였고, 그런 모습은 내 평생 본 적이 없을 정도로 무서웠다.

　아버지는 식기를 집어던져 깨뜨리고 쓰레기통에 자신의 식사를 쏟아 버렸다. 원래 대식가인 그가 식사를 포기하는 일은 없었다. 그만큼 엄청난 일이 일어난 것이다. 그러더니 엄마와 내게 잔소리를 퍼붓기 시작했다. 나는 그들의 실패의 원인이 되었기 때문에, 마치 벽을 향해 나를 던질지도 모를 일이었다.

　엄마는 지참금이 필요한 아들들의 미래에 대해 고려하지 않았던 것이다. 합리적으로 볼 때 그는 돈이, 그것도 엄청나게 막대한 돈이 필요했다. 지참금으로 가져온 외국환과 현금은 프랑스에서 공부할 아들들의 학업을 위한 밑천이었다. 게다가 엄마는 아버지의 체면까지 떨어뜨렸다. 딸을 집에 두고 싶어 하는 엄마의 고집은 내가 가장 나쁜 것을 숨겼음에도 불구하고 결국 드러나도록 조장한 꼴이 되어 버렸다.

내가 더 이상 처녀가 아니라는 것, 그리고 오래지 않아 아이를 낳을 것이라는 것을 듣는다면 보석상인들이 나에게 약혼을 하기 위해 지참금을 보내는 따위의 일들은 결코 일어나지 않을 것이다. 아니 이 도시 전체에서 그 누구도 나에게 약혼을 요청하지 않을 것이다. 만약 엄마가 이런 사실의 단서 정도라도 알고 있었더라면 이처럼 강하게 약혼을 반대하지 않았을 것이다. 그 어떤 이의제기도 하지 않은 채 중매쟁이들의 요구에 순종하면서 아버지의 계획을 뒤엎어버리는 일 따위는 하지 않았을 것이다.

아버지는 화를 내다가 지쳤는지 기침 발작을 하기 시작했다. 아버지의 마지막 기침 발작이 막 끝날 즈음, 엄마는 뺨을 쥐어뜯지도 않고 머리채를 뽑지도 않고 신과 선지자들, 그리고 성인들을 부르지도 않고는 겨우 목소리만 높여서 아버지가 들으라는 듯 외쳤다.

- 그는 딸을 처분해 버리고 싶어 한다. 아직도 엄마의 젖이나 먹을 만한 어린 아이를 한 남자에게 보내려 한다. 그는 남자라기보다는 아직 덜 큰 소년에 불과하다. 어쩌면 그는 새롭게 다시 태어나야 할 사람인 지도 모른다. 그의 본성을 숨기지 않는 한 큰길에서 누가 되었든 움직이는 모든 사람에게 추파를 던지는 소년일 지도 모른다. 만일 이 소년이 결혼을 하여 그녀가 자기가 생각했던 여자가 아니라면 그녀를 뒤쫓아 다니면서 거리에서 소리 지르고 야유할 것이다. 마치 미친 사람들이 뒤쫓고 울부짖듯이. 그녀는 마침내 억지로 자신에게 결점이 있음을 자백할 것이다. 그녀의 남편에게, 이맘에게 판사에게 공화국의 검사에게. 이런 결혼이 꼭 필요한가. 사정만 있다면 결혼은 종교나 법에 얽매이지 않아도 되지 않는가. 왜 남자들에게만 유리한 이

런 결혼을 꼭 하려고 하는지 정말 알 수가 없단 말이야.

엄마의 말이 끝나자마자, 아버지는 거만한 태도로 머리위에 눈이 붙어 있는 것처럼 다른 식기들을 깨기 시작했다. 두 시간 조금 못되어 그는 엄마가 가지고 있던 도자기의 절반 정도를 깨뜨렸다. 형제들의 할례의식 때 사용한 도자기마저도. 그리고 그는 벽을 치기 시작했다. 주먹으로, 발로, 머리로. 배우자가 미쳤다고 고래고래 고함을 지르며 비계 덩어리, ≪비천한 태생≫을 프랑스어로 외쳐댔다. 흥분한 아버지는 엄마의 문맹을 상기하면서 모욕감을 주기 위해 식자층이 사용하는 단어와 표현들을 굳이 프랑스어를 써가며 엄마에게 퍼부었다.

- 이 미련한 여자야, 상상할 수 없이 훌륭한 가문의 더할나위 없이 좋은 이 구혼자는 ≪매춘부≫(프랑스어로)인 네 딸에게는 과분하다는 거야. 가족들을 흩어지게 만들고, 아버지의 권위를 땅바닥에 내동댕이치게 하는 ≪매춘부≫ 말이야. 어떻게 감히 네가 나에게 운명에 대해 말한다는 거지?

그는 계속했다.

- 어떻게 네가 감히, 매춘부, 하 하 하, 그래, 내가 매춘부라고 잘 말했지. 그래, 그래, 타고난 성격은 어쩔 수 없는 거야. 너는 매춘부에게서 태어났지. 어떻게 너 같은 게 감히 나에게 운명을 말할 수 있다는 말인가. 오아시스에서도 존경받는 남자인 나에게 말이다. 내 앞에서는 재판장까지 굽실거리지 않던가. 딸에게 마땅한 혼처를 알려달라고 애원하면서. 이런 행동을 하고도 어찌 네가 다른 사람에게 너를 변호해달라고 할 수 있겠는가. 너는 자신을 변호할 그 누구도 찾지 못할 것이다. 무식하건 정신지체이건, 못생긴 행상이든. 판사에게 편지를 쓰기 위해 또는 검사나 누구에게든지. 사람들은 아들들에게 너를 위해 가장 기초적인 글조차 써주는 것을 금지할 것이다. 이제 그들은 나에게 순종하지 않을 것이다. 이런 창피를 당했으니 어찌 내 권위가

설 수 있겠는가. 일찍이 없었던 일이다. 지역과 도시의 소속 작가로 가장 유명한 나에게는 앞으로도 없을 일이다.

그리고 손을 벽에 기댄 채, 땅을 향해 상반신을 기울이고 그는 손수건으로 입을 막고 기침을 하면서 가래를 뽑아대기 시작했다. 마침내 그가 기침을 그치자, 시선을 똑바로 고정한 채 번득이는 광채의 초록색 눈을 가진 엄마는 통보하듯 말했다.

- 나는 도시에 있는 재판소에 갈 것이다. 아니, 수도까지 갈 것이다. 그리고 생생한 목소리로 그것을 고발할 것이다. 증인을 출석시킬 것이다. 나를 잊지 않고 있는 군대 동지들, 아름다운 전선에서. 자신을 시인이라고 생각하는 부하들과, 나에게 잔 다르크란 별명을 붙여준 그들 모두를 만날 것이다. 나는 그들에게 부인을 문맹자, 정신지체, 창녀라고 소리치며 원숭이로 취급하는 남편을 보여줄 것이다.

그녀의 목소리는 정신착란이 있는 사람처럼 희미하고 전혀 생기가 없었다. 그러나 눈빛만큼은 살아있었다. 그녀는 갑자기 소용돌이치듯, 움푹 들어간 눈썹과 미간 사이에서 눈빛을 번득거리며 덧붙였다.

- 그는 더 이상 감히 ≪배운 자들의≫ 어휘로 모욕을 주지는 못할 것이다. 그녀는 공부를 하지 못했다. 만일 그녀가 공부를 했다면 학위증을 받을 때까지 멈추지 않았을 것이다. 시청 앞 뜰에서 형편없는 글들을 작성하느라 익살을 부리지 않을 테고. 그녀는 장관 또는 국회의원, 심장병 전문의가 되었을 것이다. 그래, 시디[36]로 그녀는 내 아버지처럼 작가의 길에서 날씬하지만 넉넉한 팔에 명예를 휘두르면서 마칠 것이다.

아버지가 기르는 고양이 '멋진 솔리만'의 울음소리 때문에 침묵이 중단되

---

36) 프랑스로 살려간 북아프리카인.

었다. 아버지는 고양이를 둥글게 말기 시작했고 고양이는 얼이 빠진 듯 한 층 더 고함을 질렀다. 아버지는 그에게 발길질을 했다. 그는 방을 가로질러 날아가듯 지나갔다. 다시 긴 고양이 울음소리 후에 비로소 침묵이 자리 잡았다. 그러다가 갑자기 망연자실에서 깨어난 아버지가 침묵을 깨뜨렸다.

- 네가 말하는 전투원들! 이 미친 할망구야, 더 이상은 아니야. 그들은 재빨리 투항했고, 너와 네 혁명을 비웃는 배신자일 뿐이야.

- 미친 늙은이는 바로 당신이야.

엄마는 큰 웃음소리로 응수하다가 갑작스럽게 웃음을 그치고 시선을 고정시킨 후 다시 중얼거렸다.

- 내가 아는 한 유일한 배반자는 바로 당신이야!

아버지는 이성을 되찾았다. 아버지는 하늘을 향해 팔을 뻗고 알아들을 수 없을 만큼 빠른 목소리로 신을 불렀다. 사탄과 엄마와 열등한 자손들인 모든 악마를 저주했다. 토끼처럼 도망가 버린 형제들에게 도움을 청하며 아버지는 엄마를 때리려고 했다. 그동안 결코 하지 않았던 그 일을.

임신과 유산에도 불구하고 엄마는 폐 속에 박힌 총알을 참고 사는 마른 체격의 아버지보다 강했다. 그리고 치료하지 못한 결핵의 재발이 잦아 아버지는 체력이 많이 떨어져 있었다. 그렇다고 해서 아버지를 이길 수 있겠는가. 엄마는 무조건 아빠에게서 도망쳐야 했다.

# 아버지의 여자, 버림받는 엄마

　　　　　　　　　　아버지는 엄마를 때리지 않았다. 그녀가 권위를 내세우는 그를 존중해주었듯이 아버지도 법을 두려워했기 때문이다. 대신에, 그는 자신의 집에 그녀를 보내 준 위대한 신들을 원망했다. 우리 집은 종교적인 의식을 따르고 있었다. 어쩌면 아예 종교적인 교리에 따라 움직인다고 할 수 있다. 단지 종교 때문에 1년에 한 두 번씩, 최소 1주일은 우리 오빠들과 자매들, 나, 젖먹이까지 포함해서 우리를 돌볼 한두 명의 유모가 집에 있었다. 우리는 그때 엄마 없는 집으로 되돌아오곤 했다.

　우리에게는 바캉스 기간처럼 제법 긴 시간으로 느껴지는 엄마의 부재는 우리 오빠들에게 동지애를 느낄 수 있는 좋은 기회였다. 오빠들은 아버지의 결정을 묵인했으나 다른 방식으로 저항했다. 아버지에게 간접적으로 반항하며, 조용하게 일들을 뒤죽박죽으로 만들고 개인적인 노력과 온갖 종류의 문화 말살을 기획했다. 자매들은 침묵으로 일관했다. 그녀들은 무기력한 잠 속에서만 울부짖으며 가끔씩 폭발했다.

　개인적으로 생각하기에 비록 내가 두려워했다 하더라도 엄마는 더 이상 우리 집에 돌아올 수 없다는 것, 그녀를 대신할 다른 여자가 온다는 것, 이런 악몽이 나를 지배했다. 어쨌든 그녀는 버려지거나 집에 있거나 둘 중 하나였다. 그녀가 나에게 준 번민과 굴욕 때문에 나는 죽음을 갈망했다. 그녀의 죽음이든지, 내 죽음이든지. 어쨌든 아무거나 빨리 오기를 바랐다. 그러다가 나는 가끔 있는 일처럼 그녀의 부재를 받아들이게 되었다.

그러나 엄마가 집을 비운 사이 살아계시지만 늘 아픈 할머니와, 엄청난 양의 집안일은 나에게 고스란히 전해졌다. 아기 우유 먹이기, 씻기고 기저귀 갈기, 오빠들 깨우기, 학교 갈 준비하기, 아침 준비, 오븐을 켜서 빵 굽기, 염소 젖 짜기, 닭장치우기…, 그 모든 것이 나를 기진맥진하게 만드는 일이지만, 내게는 하찮은 웃음거리로 보이는 일들이기도 했다. 내가 일상에서 침묵으로 참고 견디는 것에 비하면 정말 너무나 하찮은 일들에 불과했다.

할머니의 죽음 이후 엄마는 새카맣게 잊혀지곤 했다. 그리고 아버지가 우리에게 《숙모》로 부르도록 강요하는 여자, 아버지와 이부자리를 함께 쓰는 것 말고는 어떠한 일도 하지 않는 여자가 우리를 돌본다는 명분으로 집으로 왔다. 실제로, 아버지가 시청으로 출근하고 난 후 그녀는 목욕을 준비했다. 배가 고픈 아기가 울어서 얼굴이 창백해질 때까지 욕탕에 몸을 담그고 있었다. 또한 학교에서 돌아와 보면 간식으로 먹을 게 하나도 없어서 우리는 처음으로 그녀를 의심하기 시작했다. 그녀가 눈썹 제모나 화장, 긴 곱슬머리를 고대기로 펴는 일 따위를 제발 그만 뒀으면 좋겠다. 게다가 우리를 벽장 속에 가두는 것이나 우리의 다른 반항을 부르는 짓들을 정말이지 그만 뒀으면 좋겠다.

시간이 지나면서 오빠들은 할 수 있는 한 복수를 마음껏 했다. 그들은 사탄까지 굴복시키고 말 새로운 복수 방법을 고안해 냈다. 오빠들은 향수병에 오줌을 쌌고, 원피스 옷자락에는 코를 풀어놓았다. 잠옷으로 자전거를 닦기도 했다. 그들은 그녀가 아버지와 머리를 맞대기 위해 준비해 뒀던 향기가 나는 터키식 과자에 모래나 시멘트를 넣었다. 어느 날 터키식 과자 루쿰을 입에 넣은 그녀는 휘파람 같은 비명을 지르며 도로 뱉었다. 그제야 그녀는 아버지에게 잘 보이기 위해선 그 아버지의 아들들에게도 관심을 쏟아야 한다는 것을 깨달았다. 이 소년들, 진정한 악동인 그들이 나는 정말 깨물어 주고 싶을 정도로 사랑스러웠다.

나 역시 그들과 한 패거리가 되어 공모하고 기꺼이 일을 저질렀다. 내 가슴에 단 한순간도 그 여자를 받아들인 적이 없기 때문에 기쁨으로 오빠들과 공모했다. 아예 한 술 더 떠 오빠들의 장난을 뺨칠 정도로 즉흥적인 장난을 만들기도 했다. 나는 니베아 크림에 소금을 넣었고, 소독제인 자벨수를 그녀의 속옷에 그것도 붉고 까만 레이스 브래지어에 튀게 했으며, 루즈와 마스카라 튜브에 흙을 넣기도 하였다.

한번은 오빠들에게 깊은 인상을 남긴 일을 저질렀는데, 그녀의 보석들 위에 수은을 쏟아 가열한 뒤 가장 예쁜 미립자로 만들었다. 그것은 내가 판사댁 딸에게 줬었던 아름답게 세공된 뱀 머리 모양의 은팔찌였다.

아버지의 여자는 우리의 장난이 짓궂다는 걸 빨리 알아 차렸다. 우리는 언제나 준비태세를 갖추고 있었다. 그녀가 가능한 빨리 이해하도록. 그것이 우리 활동의 목적이었다. 그녀가 분노에 젖어 미치광이처럼 변하면 우리들은 웃음을 터뜨렸다. 그녀는 우리를 나쁜 씨라고, 우리 엄마를 미친 여자로, 이방인이라 불손하다고 욕했다. 우리를 때리려고까지 했다. 그때마다 우리는 도마뱀처럼 날쌔게 도망쳤다.

우리는 원숭이가 놀라자빠질 정도로 빠르게 나무 위로 기어 올라가 혀를 내보이며 손으로는 추잡한 행동도 했다. 오빠들은 자신의 고추를 드러내 나못가지 사이에서 소변을 누며 우리의 맹세를 그녀에게 외쳤다.

- 모두를 위한 하나! 하나를 위한 모두!

우리의 장난에 실패란 없었다. 불쌍한 그 여자는 어느 날 끝내 자기 집으로 돌아갔다. 잔금을 요구하지도 않고 아버지의 귀가를 기다리지도 않은 채. 아버지는 사랑스런 자신의 아들들이 애인(愛人)의 예고 없는 가출의 원인이었음을 뒤늦게 깨달았다. 한 마디 말도 없이 아버지는 자신의 방문을 걸어 잠그고 새벽까지 술을 마셨다. 그러더니 술이 깨지 않은 상태에서 전 부인을 데려다 놓았던 음습한 동네로 향했다. 우리 엄마는 그렇게 돌아왔다.

오던 길에 길 위에서 그는 우리 구역의 이맘이 사는 집에 멈춰 섰다. 그는 음악과 식도락을 좋아했던 늙은 남자였다. 우리 아버지의 음주벽을 문제삼지 않아 겨우 알코올 소비를 금지하는 글을 낭독시킨 것 정도에 그친 늙어 가는 남자, 이맘. 그는 최고의 고객 덕에 기분이 쾌활해졌다.

자동차에서 내리지 않은 채 이맘 댁 층계에 겨우 한 발을 걸치고 부질없는 구경꾼들을 무시한 채 아버지는 그에게 다음번 혼례를 통보했다.

- 단 한 치의 오차도 없이 같은 여자와 결혼한다.

아버지는 이맘에게 그렇게 알렸다. 이맘은 수염 속으로 웃었다.

- 당신은 증인으로서의 책무가 있다. 지난번과 같은 식으로 하되, 오케스트라와 무용수 같이 비용이 많이 드는 것은 안 했으면 좋겠다.

아버지가 추가로 이렇게 요구했다. 그리고 차에 시동을 걸었다. 300km를 달릴 준비가 된 것이다. 속도 계기판 바늘도 없이 시속 50km를 초과하지 않는 차로 6시간 정도를 달렸다. 엄마는 차 뒷좌석에 앉았다. 엄마는 그처럼 낯설고도 완벽한 미래의 배우자였다.

예식 그 다음 날 새벽부터 아버지는 애인의 복수를 하기 시작했다. 형제들에게 온갖 자질구레하고 하기 싫은 일들을 시킴으로써 복수를 한 것이다. 차고 청소, 집 외벽 청소, 그것도 비누칠을 해서, 우리는 얼마나 많은 물을 길어 날랐던가. 그것이 끝이 아니었다. 잔가지 줍기, 정원을 가르는 오솔길의 자갈과 모래 속에서 찾아야 하는 겨우 보일만한 크기의 대추나 올리브 열매 줍기 등등 하도 많아서 더 이상 다른 일은 기억이 나지 않을 정도였다.

엄마는 남편의 애인을 알고 있었다. 도시 전체가 그녀의 존재를 알았고 우리 아버지와의 관계를 알았다. 사람들은 말했다. 그녀의 외동딸은 그녀 남편의 아이가 아니다. 노숙자에 알코올 중독자로 나중에 쓰레기 공터에서 죽은 채 발견된 그 남편 말이다. 남편을 대신한 것은 우리 아버지였다. 그 아이도 아버지의 딸이라는 것이다. 만일 이 작은 여자 아이가 어렸다면 망설임 없이 아버지는 애인과 결혼을 했을 것이다. 엄마는 알고 있었다. 그녀가 우리 마을 위쪽 시장에 살고 있다는 것을. 그녀는 엄마 또래이고 아버지를 사랑했다. 적어도 그녀는 아버지와 자는 것을 좋아했다. 너무 빨리 아버지의 취미에 맞선 엄마와는 반대로.
엄마는 라이벌의 모든 것을 알았다. 그녀가 우리를 함부로 대했다는 것도 알았다. 이런 평판에 대한 값비싼 대가를 치르느니 일찌감치 그녀의 아버지 집으로 돌려보내는 게 나았다.

아버지가 엄마 때리는 걸 포기했음에도, 엄마의 애원에도 불구하고, 엄마에게 손을 들지 않겠다고 약속을 했음에도 불구하고, 그는 결국 화가 치솟아 엄마를 묶어 놓고 피가 날 때까지 때렸다. 엄마는 병원으로 보내졌다. 부디, 제발 가족을 때리지 않기를. 그러더니 그는 24시간 이내에 엄마를 해치울 수 있다는 것을 협박하러 병실로 찾아왔다. 그는 조상들처럼 예전의 남편으로 돌아올 가능성은 없어 보였다. 그는 정말 그녀를 내쫓았고 증인이 있었다. 엄마처럼 모든 여자들은 그 어떤 것도 할 수 없었다. 모든 것은 법이라는 미명하에 이루어지고 있으니까.

　엄마와 아버지의 부부싸움은 끝이 없었다. 서로는 마치 철천지 원수처럼 자주 싸웠다. 나는 꿈을 꾸듯이 이러한 소동에 참여했다. 이러한 꿈들 중에 하나는 서로 양립할 수 없는 사건들이 동시에 그리고 분명하게 일어났다. 시험 결과는 늦지 않게 나왔고 결과는 폭탄처럼 터졌다. 폭발을 기대하면서 나는 침묵을 택했다. 내게는 이성적으로 보이는 유일한 태도인 침묵. 어쨌든 나는 말할 권리가 없었다. 나는 소란에 대한 종지부를 찍기를 원했다. 엄마에게 모든 것을 고백하면서. 그러나 강한 예감이 나를 지배하였다. 내 침묵이 살아 있는 사람들 사이에서 나를 지탱하게 해 준다는 예감이었다.

## 12.

## 시험 낙방

사흘 후 시험 결과가 나왔다. 엄마는 오빠들을 시켜 신문을 읽고 또 읽었다. 저녁때까지 엄마는 합격자 명단을 다시 한 번 알려주는 라디오를 들었다. 나로서는 큰 이변이 아니었다. 내 이름은 끝내 불리지 않았다. 내 걱정과는 반대로 엄마는 어떠한 변명도 요구하지 않았다. 엄마는 나에게 일상적으로 하는 지시 말고는 아예 말을 걸지 않았다. 갓난아기에게 우유 먹이기, 다림질하기, 설거지 같은 일을 시킬 때만 말을 하였다. 이런 일들은 작고 사소하여 일이라고도 할 수 없었다.

아버지가 직장에서 돌아왔을 때 엄마는 아버지를 왕처럼 극진히 대접했다. 쉴 새 없이 "님", 여기서도 저기서도 "님"을 외쳤다. 일찍이 몇 년 동안 보지 못한 일이었다. 아마도 처음일지 모를 일이다. 엄마는 포도주 마개를 뽑고 스스로 아버지의 식사시중을 맡았다. 방문을 닫고 은밀하게 엄마는 아버지와 저녁을 함께 보냈다. 예외 없이 늘 "나, 나는 남자다"로 시작되는 그의 이야기를 들어주는 호의까지 베풀었다. 그런 얘기는 평소 엄마를 짜증나게 하는 말들이었다. 아들들이 변성기에 접어들고 첫 면도를 하자마자 남편에 대한 복종을 그만두었던 엄마였지 않은가.

또한 그날 저녁 오빠들은 집안의 분위기를 염려하여 눈물이 쏙 빠지도록 웃기는 농담만은 애써 삼갔다. 그들은 이런 식의 말을 나에게 건넸다.
- 우리를 삼촌으로 만들 미래의 배우자.
다갈색 머리 오빠가 말했다.
- 자매여, 곧 보석상인의 부인이 되겠지.
갈색머리 오빠가 대꾸했다.
- 오히려 보석상인의 어린 부인이 아닐까, 애교 넘치는 어린 부인.
그들은 같은 목소리로 크게 외쳤다.

엄마가 아버지의 방에서 아버지에게 전념하는 동안 오빠들은 내가 설거지를 마치고 그릇을 정리하는 식당에 나타났다.
- 유황향이 나네, 자매여.
다갈색 머리 오빠가 말했다.
- 아마도 계략이네.
갈색 머리 오빠가 말했다.
- 어쨌든, 우리는 네 옆에 있다. 복잡해지면 너는 우리에게 도움을 청해라. 모두를 위한 하나, 하나를 위한 모두를. 그렇게 단순하게 생각해, 알았지, 자매여.
그들은 박자를 맞춰가며 구호를 외쳤다. 그들이 나를 놀리는 것에 빠져서 나는 어깨를 으쓱했다. 그리고 말했다.
- 고마워.
- 크게 놀라는 일은 없을 것이다.

다갈색 머리 오빠가 말했다.

- 우리는 진지해.

갈색 머리 오빠가 덧붙였다.

    내가 선 머슴 같은 외모를 벗어났을 때부터 나는 더 이상 개울에서 그들과 함께 상체를 벗고 놀지 않았다. 엄마는 그들이 하는 블록 카드놀이에 참여하는 것을 금지시켰다. 그들과 나무를 기어오르는 것도, 골키퍼를 맡아 노는 것도 금지시켰다. 내가 더 이상 그들에게 쓸모가 없다고 그들이 평가한 이후로 나는 딸이 되었다. 무엇보다도 오빠들은 때때로 내가 눈물을 쏟을 만큼 귀찮게 굴기 시작했다.

    그들은 욕실에 매복해 있다가 내가 목욕하는 것을 기다렸고, 나의 젖가슴에 놀라 나를 ≪젖소≫ 또는 ≪하맘의 안마사≫로 불렀다. 그들은 나의 행동거지, 제스처, 독서, 그림, 도자기들을 염탐하곤 했다. 그들은 판사댁 따님에게 빌려온 책들을 숨기거나 내가 만든 작은 조각들을 부수기도 했다. 그러곤 손을 맞잡고 박수를 치며 기뻐했었다. 그들은 막 에베레스트 정상 등정을 마친 양 손으로 내 등을 살짝 치기도 했다. 그날 밤에 어떻게 내가 우리의 구호인 ≪모두를 위한 하나≫를 믿을 수 있었겠는가. 언제나 함께 하겠다는 그 맹세는 ≪계모≫와 또는 때때로 엄마 가족들에게 맞서 짓궂은 장난을 칠 때마다 느끼는 공감이었으며, 우리를 하나로 묶을 수 있는 우리만의 약속이었다.

## 엄마의 전략

       그 다음날 아침, 엄마는 임신 때문에 몹시 피곤해하며 까칠해진 얼굴로 내가 불 위에 우유를 올려놓고 지켜보고 있는 부엌 안으로 들어왔다. 엄마는 냄비를 데우고 있는 불을 끄더니 나보고 앉으라고 했다. 이번엔 엄마가 의자를 끌어다 앉았다. 엄마는 내 앞에 앉았지만, 얼굴을 옆으로 돌리며 곁눈질을 했다. 마치 무언가 부끄러운 듯이. 목소리는 가라앉아 있었고 투박했다. 다른 사람 목소리 같았다. 목 위에는 푸르게 멍이 든 키스마크가 보였다. 이것이 엄마가 말하는 전략인가? 나는 괴로운 심정으로 자문했다.

    그때, 엄마가 마치 비밀을 쏟아내듯 천천히 말했다.

    - 네 아버지는 마침내 너를 결혼시킬 작정이다. 그가 누구든지 간에, 어쩌면 돈 한 푼 없는 더러운 일부다처제 성향의 영감일지도 모른다. 그러나 네 약혼자는 젊다. 열 아홉 살이니까. 게다가 그의 가족은 부자다. 남들이 말하길 그는 친절하니까 너의 외출을 금지하지는 않을 테고 나를 보러 친정에 오는 것을 막지도 않을 것이다. 어쩌면 여성의 베일을 중요하게 생각하지 않

는 개혁성향일지도 모르지. 그러니 어쩌면 그는 네가 학교로 돌아가는 것을
허락할지도 모른다.

　시험 바로 직전에 프랑스 알자스지방 출신의 피에누와[37]인 교장 마드모
아젤 슈미트는 엄마에게 내가 시험에서 실패할 경우 유급할 수 있게 해주겠
다고 약속했었다. 그녀는 오아시스에서 태어난 노처녀이자 공산당에서 활
약한 베테랑으로, 전쟁동안 수없이 여행용 가방을 꾸렸던 인물이다. 마드모
아젤 슈미트는 나의 학력지체는 내 잘못이 아니라 순전히 아버지의 잘못이
라는 것을 알고 있었다.

　- 또한 나는 네 아버지에게 너의 유예를 받아내는 데 성공했다. 중매쟁이
들은 다시 올 게다. 하지만 나는 그들에게 결혼은 겨울 전에는 절대 안 된다
고 말할 것이다.

　그러고 나서 그녀는 잊었던 것이 갑자기 생각난 것처럼 깜짝 놀라 한 쪽
눈을 번득거리더니, 목으로 손을 가져가 멍이 든 키스마크를 가렸다. 그러
더니 평소처럼 침착함을 찾으며 말했다.

　- 지금부터 그때까지 나는 네 아버지의 결정을 바꾸게 할 수단을 찾을 거
다. 너는 재시험을 치르게 될 거야. 이번에는 네가 시험을 망치지 않게 될 거
야. 너는 기숙학교로 가기 위해서 이곳을 떠날 거다. 유명한 집 딸내미들이
너보다 잘난 게 뭐란 말이냐?

　그리고 덧붙였다.

　- 나는 그를 신뢰하지 않아. 네 아버지 말이야. 네 아버지란 사람은 결정
적일 때 나를 집에서 내쫓을 거고, 나를 죽일 수도 있을 거야. 그때가 되면
네가 네 형제들과 자매들을 돌봐야 될지도 모른다.

---

37) 북아프리카에서 출생한 프랑스인.

투박한 음성과 목에 키스마크가 있는 엄마, 그들의 도움을 내게 약속한 오빠들, 결혼시켜 집에서 내 보내겠다는 아버지의 협박, 이 모든 것은 나를 지치게 했다. 고요함이 오래 지속되기만 하면 좋겠는데 그건 단지 내 소망에 불과했다. 엄마는 공원에서 일어난 사건, 빈민가의 일에 대해 아무것도 알지 못하고 있다. 엄마는 아버지의 조급한 결정이 나와는 무관한 일이라고 믿고 있었다. 나는 모든 것을 고백할 마음이 되어 있었다. 나는 아무래도 좋았다. 하지만 결혼을 하기에는 나는 너무 어리다. 나는 결혼을 하면 세상을 등진 은둔자나 나이 어린 하녀가 될 것이다. 나는 공부가 아닌 다른 일을 하게 될 것이다. 내 미래 남편이 세상에서 가장 잘생긴 미남이든지 힘이 센 헤라클레스든지 지금의 내겐 중요하지 않다. 엄마가 나에게 의견을 묻는다면 내 마음이 한결 평온해질 것 같다.

# 14.

# 연기되는 결혼식

관습이니 어쩔 수 없다고 핑계를 대면서 미래의 시댁도 나의 처녀 증명서를 요구할 것이다. ≪맹세한≫ 산부인과 의사가 발부하는 석 장의 증명서. 한 번 보다는 두 번이 낫다고, 엄마는 다시 온 중매인에게 말을 건넸다. 중매인은 약혼식 날짜, 상대방의 조건들, 지참금이 담긴 광주리를 가지고 왔다. 그리고 엄마는 그들에게 뜨거운 차와 신선한 튀김, 냉장고에서 막 꺼낸 레몬에이드를 대접했다. 그들이 시원한 음료의 마지막 한 방울까지 다 마셨을 때 엄마는 대수롭지 않은 듯 말을 꺼냈다.

- 겨울 이전에는 안 돼요.

- 겨울 전에는 안 된다고요?

대표 중매인은 침을 삼켰다.

- 결혼 말이에요, 12월 이전에는 안돼요.

엄마는 재차 반복했다.

- 12월은 내 딸이 태어난 달이에요.

엄마는 덧붙여 말했다.

- 나는 그녀가 우리 집에서 생일 축하를 받기 원해요. 그래요. 그녀의 생일 축하가 나의 유일한 조건이에요. 그 이후가 되면 그녀는 가족 명부에 실릴 만큼 충분히 성장했을 거라고 생각해요.

- 열 여섯 살 이전은 안 되죠. 합법적인 결혼일 경우에는 그래요.

대표 중매인이 지적했다.

- 그렇게 말하지 말아요.

엄마가 대꾸했다.

- 이 아이 아버지는 이미 위반했어요. 그들의 아들이 내 딸 없이는 시청으로 가지 않을 테고, 가족 명부는 보석상인들에게 보낼 거예요.

네 명의 여자들은 어깨를 으쓱했다. 그리고 입을 닦고 일어나서 나갈 채비를 했다. 그때 별안간 빈민가의 그 노파가 자신의 여권에 대해 말하기 시작했다. 그녀는 아직 여권이 도착하지 않았다고 말했다. 여권은 헛된 약속이 되었냐고 물었다. 자신은 이제 여권이라면 진저리가 난다고 덧붙였다.

엄마가 무슨 말인지 이해하지 못하였기 때문에 노파는 다시 말했다.

- 당신 남편에게 상상할 수 없는 서비스를 해주었소. 그러나 불행하게도 그는 내게 한 약속을 지키지 않았소. 그는 열 네 살인 자신의 딸을 결혼시키려 하지만 내가 베푼 작은 서비스 없이는 불가능해요. 나는 그에게 어떠한 것도 거부하지 않았는데 왜 당신 남편은 약속을 지키지 않는지 모르겠군요. 꼭 당신의 남편에게 나에게 여권과 허가증을 해줘야 한다고 말하시오. 그렇지 않으면 내가 가만히 있지 않겠다고.

- 좋아요.

엄마는 이해할 수 없다는 듯 눈썹을 들어 올리며 말했다. 그들이 떠난 후 뒷문을 다시 닫으며 술 취한 사람처럼 엄마가 혼자 중얼거렸다.

- 저 할망구, 도대체 무슨 말을 하는 거야?

우리가 집 안으로 되돌아왔을 때 엄마는 그 노파가 누구인지를 가르쳐 주었다. 옛날에 지역 조산소가 문을 열기 전, 식민지 사람들은 병원도 학교도 없이 형편에 맞게 적절한 조치를 취할 수밖에 없었다. 빈민가의 노파는 이 지역에서 가장 유명한 산파였다. 그녀 덕분에 산모들과 신생아들은 죽음에서 벗어날 수 있었다. 나의 아버지, 그의 형제들, 누이도 그녀에게서 삶을 얻었다.

그리고 엄마는 몇 번을 나에게 물었다.

- 너는 정말 저 여자가 네 아버지와 공유한 비밀이 무엇인지 모른단 말이냐? 저 여자가 아무런 이유도 없이 네 아버지에게 여권과 허가증을 요구할 리가 없는데 말이야.

나는 대답하지 않았다. 대답할 수도 없었다. 뺨의 안쪽 살을 깨물며 가장 최선의 방법인 결혼 연기를 미래의 시댁이 수락해 줄 것을 바랄 뿐이었다.

# 석 장 의 증 명 서

그로부터 이틀이 지났고 아침에 구역질이 있은 후 엄마가 내 방으로 왔다. 방금 샤워를 한 듯, 머리카락은 젖어 있고, 좋은 향기가 났으며 하나뿐인 홈드레스를 입고 있었다. 붉은색 줄무늬가 있는 하얀색 홈드레스, 거기다가 독립이 되던 날 아버지가 선물한 염소가죽 실내화를 신고 있었다.

엄마는 창문을 열고 차양 덧창을 밀어 젖혔다. 얼굴은 몹시 여위었고 창백했으며 걸음걸이는 무겁고 느렸다. 엄마는 어쩔 수 없는 유산의 징표를 숨김없이 드러내고 있었다.

- 우리는 산부인과에 갈 거다. 네게 필요한 의학적 절차를 위해서.

엄마가 내게 통보하듯 말했다.

- 네 아버지가 차에서 우리를 기다리신다. 우리는 네 약혼식 전 첨부되어야 하는 증명서가 필요하거든.

바로 아래 여동생은 자는 척 하면서 이불 아래로 머리를 파묻고 낄낄거렸다. 내 엉덩이를 꼬집으며 동생은 말했다.

- 잘 된 일이잖아 안 그래?

그녀는 내가 이해 못할 정도로 낮은 한숨을 쉬었다. 내 여동생은 왜 내게 일어난 일에 대해 기뻐하는 걸까?

아버지는 차에서 기다리고 있었다. 우리는 침묵 속에서 계단을 올라갔다. 대기실은 만원이었다. 엄마는 빈자리를 발견하여 앉았고, 나는 그냥 서 있었다. 때때로 턱 아래 고정된 베일 속으로 엄마가 기도하듯 중얼거리는 모습이 보였다. 나는 잡지를 대충 훑어보고 있었다. 만일 빈민가 노파가 착오를 일으킨 거라면? 만일 내 처녀막이 존재하지 않는다면? 나는 그런 걱정으로 잡지의 내용에 집중할 수 없었다.

한 시간이나 기다린 끝에 내 차례가 왔다. 엄마는 벌떡 일어섰고 간호사는 다시 앉으라고 했다. 의사는 세 명을 함께 진찰하길 원하지 않는다고 했다. 엄마는 다시 앉았다. 나는 간호사의 발걸음을 뒤따라갔다. 얼마간의 시간이 흐른 뒤 나는 옷매무새를 고치고 굵은 땀방울을 닦았다. 나는 대기실로 다시 돌아왔다. 나의 출현에 엄마는 의자에서 튀어 오르듯 일어나며 나에게 물었다.

- 너 증명서는 받았니?

내가 아니라는 의미로 머리를 절레절레 흔드는 동안 간호사는 진찰실에서 나와 우리를 향해 걸어왔다. 나를 무시하듯 지나치며 엄마에게 석 장의 증명서를 건넸다. 엄마는 그것을 대강 훑어보았고, 하얀색 옷을 입은 그 여자를 향해 질문을 하고 싶다는 시선을 던졌다.

- 상태가 좋습니다.

그녀가 응답했다.

- 고맙습니다. 고맙습니다.

엄마는 인사를 반복했다. 기쁨에 겨워 입 꼬리가 귀에 걸릴 정도였다. 엄마는 그 여자의 팔을 잡기 시작했다.

- 흠흠.

간호사는 잔기침을 했다.

- 어쨌든 계속 주시해야만 할 겁니다.

엄마는 갑자기 미소를 잃어 버렸다.

- 상태가 좋다는 거예요, 안 좋다는 거예요?

엄마는 안절부절 못했다.

- 좋습니다. 우리가 여기서 진찰하는 아가씨들과 달리 당신 딸은 매우 좋습니다. 너무 좋다고 나는 말하고 있는 겁니다. 진찰도 잘 견뎌냈고요.

간호사는 설명했다.

- 하지만 당신 딸은 좋지 않은 습관이 있다고 나는 생각합니다. 음…, 그러니까, 당신은 내가 말한 뜻을 알겠지요? 너무 빠르네요, 나는 딸이 넷이나 있어서 잘 알지만 아마도….

모든 것을 엿들은 여자들은 나를 멸시하는 태도로 바라봤다. 엄마의 시선도 그들과 다르지 않았다. 그 순간 나는 내 삶에서 가장 긴 여름을 보낼 것을 예감했다.

구구절절 변명을 하지 않고 엄마는 아버지 옆에 자리를 잡았다. 그리고 증명서들을 내밀었다. 잘 보존하고 있다는 사실을 입증하는 석 장의 증명서. 아버지는 오랫동안 훑어보았다. 얼마 후에 살짝 미소를 지으며, 그는 장갑[38] 상자 속에 그 증명서를 넣고 차를 출발시켰다.

---

38) 장갑은 처녀성 유무를 상징하는 어휘임.

곧 차는 대로를 향했고 베일의 한 구석에서 이마에 흐르는 땀을 신경질적으로 닦으며 엄마는 아버지와 이런 저런 대화를 나누었다. 간간히 엄마는 차 속에서 스쳐가는 풍경을 바라보고 있었다. 4륜 마차는 점점 보기 드물게 되었고, 대신 자동차들은 점점 늘어나고 있었다. 특히 젊은 여자들은 베일을 하지 않은 채 운전을 하고 있었다. 그런 모습은 유럽인들과 구별되지 않을 정도였다. 엄마는 혼잣말처럼 말했다.

- 어쨌거나 얼마나 큰 진보인가. 식민지에서 해방된 지 이제 겨우 16년인데. 장족의 발전을 한 거야. 엄청나게 변한 거라고.

그리고 아버지에게 상기시키듯 이야기를 꺼냈다. 그들이 만났던 그 순간들, 정숙한 한 여자와 남자의 만남 말이다.

- 우리는 완벽했어요. 그렇지 않나요? 전투에도 참여하고.

엄마의 말이나 제안에 대해 건성으로 대하는 평소의 아버지와는 달리 그날 아버지는 희색이 만연한 모습으로 진지하게 엄마의 그 말에 동의했다. 나는 창밖으로 스쳐가는 풍경들을 바라보았다. 나무가, 그리고 멋진 외관을 한 집들이 스쳐갔다. 그리고 사람들이 보였다. 나는 다시는 그런 풍경을 볼 수 없는 사람처럼 뚫어져라 바라보면서 바깥 풍경에 빠져들었다.

# 16

## 여동생의 밀고

　　　　　　　　아버지가 자동차를 주차하는 동안 엄마는
창백한 얼굴에 칼자국이 있어 금이 간 듯 굳어진 얼굴로 비웃듯 입을 삐쭉거
리며 양미간에 깊은 주름을 잡고 나에게 시선을 던졌다.

　- 불은 재를 남기는 법이니라.

　나는 엄마의 눈길을 애써 피하며 베일에 가려진 엄마의 유일한 보석인 메
달을 눈으로 찾으며, 스스로에게 물었다.

　- 신이시여, 왜 불은 재를 남기지 않았나요? 엄마는 왜 내게 그 사실을 상
기시키는 건가요? 도대체 이 드라마의 끝은 어디인가요?

　아버지가 잠깐 쉰 후에 석 장의 처녀 증명서를 겨드랑이에 끼우고 차에서
내렸다. 그가 가벼운 발걸음으로 우리에게 다가왔다. 손은 파리를 잡는 듯
활기차게 움직였다. 엄마는 내게 들어가라는 신호를 보냈다.

　기분이 좋아진 부모님의 속삭이는 작은 소리들을 뒤로 한 채 나는 긴장으
로 목이 메고 식은땀으로 손이 젖은 채 안마당을 가로질러 갔다. 만일 내가
길을 되돌아갔다면, 만일 다리를 굽혀 목 쪽으로 끌어당겼다면? 내 운명은

어디로 흘러갔을까? 장밋빛 정원이 펼쳐졌을까. 이 가시밭길이 드리워진 운명을 앞에 두고 나는 도대체 어디로 가야 하나? 생각해 보니 피신할 어떤 곳도 없었다. 사브리나와 가족들은 생-장-드-뤼에서 바캉스 중이었다. 나는 그녀 외에 다른 친구는 없었다.

벼랑 끝에 섰다고 생각했는데, 갑자기 학교 교장인 마드모아젤 슈미트가 떠올랐다. 그녀는 나를 좋아하고 엄마가 그녀를 높이 평가하므로 그녀는 나를 위해 이 일에 기꺼이 개입해 줄 것이다. 그러나 그녀 또한 친구들이 있는 수도 근교 해안가에서 바캉스 중이었다.

부엌에서는 내 바로 아래 여동생이 휘파람을 불며 우유병에 우유를 타고 있었다. 그녀는 나를 보자마자 테이블위에 우유병을 놓고 휘파람을 멈췄다.

- 자, 네가 해. 나는 유모 놀이가 지겨워.

그리고 그녀는 휘파람을 다시 불기 시작했다.

- 휘파람 그만 불어.

나는 우유병을 손으로 잡으며 말했다. 여동생은 어깨를 으쓱해 보였다.

- 멈추라니까.

나는 반복했다.

- 휘파람은 불행을 가져온다고.

- 미신쟁이.

여동생이 냉장고 문을 열며 말했다. 누군가 엄마를 불렀다.

- 멈춰.

나는 외쳤다.

- 그들이 우리를 죽일 거야.

- 누가 우리를 죽이는데?

- 아버지와 엄마. 산부인과 간호사가 나에 대해 이상한 말을 했어. 엄마는 그 말을 듣고 기절직전이야.

- 그녀가 가구제조 견습공과의 일을 아직 모르니 다행이야. 너는 운이 좋아. 아버지가 엄마에게 아무 말도 안했어?

- 너 무슨 얘기 하는 거니?

- 나는 지금 내가 그걸 알고 있다고 말하는 거야. 방탕한 네 삶 말이야. 내 친구들도 알고 있어. 사람들이 너를 봤거든. 공원에서 말이야. 아름다운 머리카락의 잘 생긴 소년과 함께 있던 너를.

그녀는 낄낄거리고 웃으며 말을 이어갔다.

- 모르고 있었나 보네? 사실은 내가 아버지에게 알려줘서 아버지가 너를 잡으러 갔던 거야. 내가 너를 밀고하지 않았더라면 너 때문에 우리는 네 애인의 그 거지 같은 집에서 살 뻔 했어. 맞아, 그들은 우리에게 독을 먹일 것이고, 저 젖먹이 아기까지 죽일 거야.

말을 마치고 그녀는 다시 휘파람을 불기 시작했다. 나는 놀라움으로 입을 벌린 채 손에는 우유병을 들고 한참동안 그녀를 응시했다. 도대체 이해할 수 없었다. 나는 가슴에 솟아나는 불길을 애써 잠재우며 소리치듯 말했다.

- 내가 너에게 잘못한 것이라도 있니?

하지만, 나는 목구멍이 막혀 말이 제대로 나오지 않았다. 상황은 더 악화되고 있었다. 그 순간 내 등 뒤에서 엄마의 휘파람 소리 같은 비명소리가 들렸기 때문이었다. 나는 몸을 돌렸고 엄마의 얼굴은 마치 죽은 사람처럼 납덩이처럼 하얗게 질려 있었다.

- 나는 모든 것을 들었다.

그녀는 벽을 짚으며 억지로 정신을 차리며 말했다.

- 내 말 좀 들어 봐….

- 필요 없어. 아무 말도 하지 마, 이 악마야.

엄마는 칼로 자르듯, 내 말을 자르더니 손을 배로 가져가면서 고통으로 일그러진 얼굴로 덧붙였다.

- 날 따라와.

그곳은 세탁실이었다. 무거운 침묵이 세탁실을 부서질 듯이 채웠다. 우리는 아무 말 없이 난로위에 있는 검은 색 작은 솥에 물을 채웠다. 그리고 엄마는 실내화를 벗어 선반위에 두었다. 바닥의 물기가 없는 곳에는 홈드레스와 면으로 된 속옷을 벗어 두었다. 하얗고 매끈한 허벅지 사이로 흐르는 피로 무거워진 속옷을. 그녀는 다시 홈드레스를 동그랗게 말았고 빨래 바구니에 던졌다. 그리고 바닥에 등을 대고 드러누웠다. 그녀가 나에게 부탁하지 않았지만 나는 절차를 알고 있었다. 나는 손바닥으로 그녀의 아랫배를 눌렀다. 처음에는 천천히, 그리고 점점 더 세게 눌렀다.

그동안 물이 끓기 시작했다. 엄마가 떨기 시작하면서 조금씩 소리를 질렀다. 마지막으로 꽤 많은 피가 흘렀을 때, 엄마는 긴 비명을 질렀다. 얼굴, 목, 온 몸뚱이가 땀으로 젖었고 경련으로 인해 온몸이 뒤흔들렸다. 곧 엄마는 몸을 일으켰다.

나는 놋쇠로 된 큰 대야에 작은 솥에 있는 뜨거운 물을 옮겨 부었다. 차가운 물을 부어 물이 미지근해질 때까지 온도를 맞췄다. 어린 소녀처럼 흐느끼던 엄마는 중얼거렸다.

- 사내아이인데…. 나는 사내아이였다고 확신해.

그리고 구리로 된 욕조 속으로 미끄러지듯 들어갔다. 나는 엄마를 씻기 시작했다. 그때, 안마당에서 나의 형제들은 축구를 하고 있었다. 쌍둥이들은 골키퍼가 되었으며, 그들의 신나는 목소리는 우리가 있는 곳까지 들렸다. 엄마는 흐느끼던 울음을 멈췄다. 굵고 빛나는 눈물은 땀에 섞여 목욕하는 물에까지 흘러내렸다.

　나는 엄마에게 실내복을 건네며 무언가 위로하고 싶어서 말을 건네고 싶었으나 엄마는 그것을 눈치 채고 단박에 거절했다.

　- 내 눈 앞에서 사라져. 이 악마의 딸 같으니라고.

　- 내 말을 좀 들어보시라니까요….

　- 아무 말도 듣고 싶지 않아.

　그녀는 외쳤다.

　- 가만히 있는 게 좋을 거야. 아무리 생각해도 너는 내 불행의 원천이야.

　매서운 눈으로 이를 갈며 그녀는 말을 이어나갔다.

　- 만일 내가 먼저 알았더라면 내 손으로 너를 질식시켰을 텐데. 너를 산 채로 묻어 버리는 건데. 그렇다고 해도 어떠한 법정도 나에게 죄를 묻지 못할 게다. 네 아버지 말을 들었어야 해. 너를 엄격하게 기르라는 말. 아무래도 나는 이 결혼을 막아야겠어. 사람들이 나를 죽일 거야. 가장 빠른 것이 최선이지. 네가 나를 닮았다고 생각했다. 아이고, 맙소사. 내가 착각을 한 거야. 머리카락 말고는 하나도 안 닮았어. 발가락조차 닮지 않은 거야. 불쌍한 딸아. 정말 하나도 닮지 않았어. 불행한 일이야. 나는 말이야. 네 아버지의 신뢰를 받을 만한 소녀였고, 내가 지나가면 남자들은 시선과 목소리를 낮추었단다. 나는 엉덩이에 불을 가지고 있지 않았단 말이야. 황소만큼 강한 네 명의 군인도 내 다리를 풀 수 없었어. 나는 남자들이 참여한 험난한 전투에서도 산과 평원을 가로질러 다녔다.

잠시 침묵이 흐른 뒤, 턱을 떨면서 그녀는 숨을 돌렸다.

- 나는 불이었다. 불은 불을 낳지 않는다. 불은 재를 남긴다. 그러니 너는 재다.

그리고 실내복으로 몸을 감쌌다. 나는 그녀가 기진맥진하여 입을 다물기를 기다렸다. 그녀는 세탁실에서 나가 방으로 가더니 머리카락을 쥐어뜯고 뺨을 때리며 기도하기 시작했다.

죽음은 삶보다 더 달콤할 것이다.
네 밤은 네 낮을 휩쓸 거다.
네 몸뚱이는 남자들의 사령부다.
너는 여자들의 웃음거리다.
도랑은 네가 머물러야 하는 곳이리니.
네 죽음은 고독 속에서 올 것이다.

안마당에 있던 오빠들과 자매들은 조용해졌다. 나는 이 일과 아무런 관련이 없는 그들이 부러웠다. 드디어 엄마의 목소리가 들리지 않자, 나는 그 고요 속으로 들어가서 목이 쉬도록 외치고 싶었다. 머리카락을 뽑으면서 뺨을 피가 날 때까지 찢고 싶었다. 신에게, 선지자들에게, 이 땅의 모든 성인들에게 구원을 빌면서…. 결국 나는 혼잣말처럼 중얼거렸다. 머리카락 쥐어뜯기, 눈을 똑바로 보라고 강요하기, 그녀처럼 내 눈도 초록빛이고 그녀의 눈처럼 내 눈도 날카롭다. 그리고 고함치는 것까지 닮았지 않은가. 그런데 어떻게 발가락도 닮지 않았다고 한단 말인가.

그리고 이어서 엄마를 향해 이렇게 소리치고 싶은 욕구를 간신히 참았다.

조용하세요, 미친 노파여. 조용하세요, 비열한 엄마여. 당신은 악마를 보지 않았나요, 바로 당신이 악마가 아닌가요? 이 일은 내가 공원에서 애무하도록 내버려둔 당신과 당신의 강박증 때문이에요. 어떻게 간호사가 알 수 있지요? 당신 아이의 희망과 전문가의 손길을 참고 견딘 내 삶을. 나는 처녀가 아닌가요? 가지고 있어야 되는 것은 처녀막이 아닌가요?

조용하세요, 미친 노파여. 조용하세요, 비열한 엄마여.

조용하세요, 미친 노파여. 조용하세요, 비열한 엄마여.

조용하세요, 미친 노파여. 조용하세요, 비열한 엄마여.

하지만 목소리는 전혀 밖으로 나오지 않았다. 내가 할 수 있는 것이라고는 기절하지 않고 그 상황을 버티고 있는 것뿐이었다. 아무런 대꾸도 하지 못하고 그저 엄마의 비난을 참고 견딜 뿐이었다.

한참 만에 피곤해졌는지 엄마는 침묵했다. 하지만 그게 끝이 아니었다. 어디서 새로운 힘이 생겨났는지 한참 동안 나를 저주하고는 그래도 모자라 술취한 사람처럼 횡설수설했다. 그녀가 내 앞을 지나가는 동안 나는 길을 비켜섰다. 그녀는 내게 세탁실을 청소하라고 명령했다. 그리곤 열과 정신착란으로 제대로 몸을 가누지 못하고 비틀거리면서 방으로 가버렸다.

만약 엄마, 아버지, 간호사가 이성적이었다면? 만일 천사 부줄이 악마였다면? 또는 나와 내 가족을 나락으로 떨어뜨리기 위해 내게 온 악령이라면? 이런 생각이 들자, 나는 이틀 밤 동안 부줄에 맞서기로 했다. 나는 부줄을 사기꾼, 침략자, 나쁜 피, 악마, 사기꾼, 마녀로 취급했다. 그래서 속으로 이렇게 외쳤다.

- 부줄, 너는 가구제조 견습공보다 못해. 더 보고 싶지 않으니 썩 내 앞에

서 꺼져. 그리고 다시는 내 앞에 나타나지 마.

그렇게, 나는 부줄을 잊었다. 나는 더 이상 신뢰할 어떤 대상도 없었고, 말할 사람도 없었다. 그 이튿날부터 엄마는 나를 따돌리기 시작했다.

## 엄마의 분노

　　사나흘이 지났을까, 엄마는 어느 정도 진정
되었는지 모욕과 욕설 퍼붓기를 중단했다. 나는 드디어 격리에서 벗어날 수
있었다. 그런데 갑자기 빈민가의 노파가 격노한 듯 우리 집 안마당으로 튀
어 들어왔다. 그녀의 방문은 짧았지만 충분한 적의를 품고 있었다. 엄마가
그녀에게 들어오라고 했으나 그녀는 끝내 거친 태도로 거절했다.

　오빠들은 거기서 멀지 않은 곳에서 자전거를 수리하느라 움직이지 않고
귀를 기울이고 있었다. 엄마는 노파의 말을 중단시키고 그들에게 멀리 가 있
으라고 명령했다. 그동안 나는 중앙 현관문에 가까운 곳에 서 있었다. 팔에
는 아기를 앉은 채.

　눈썹을 잔뜩 찌푸린 채 노파는 이상한 시선으로 나를 유심히 살피는 듯
했다. 나는 극심한 고통으로 그 날 일을 회상했다. 엄마의 창백하고 힘이 없
는 듯 흔들거리는 팔, 엄마도 같은 고통을 느꼈을까. 노파의 말을 들으며 고
개를 끄덕였고, 나는 다시 그 악몽 같은 기억을 떠올리고 있었다. 나를 악착
스레 따라 다니는 기억, 죽어서야 잊혀질 그 기억 말이다.

- 글로 기록해 두지 않고서는.

- 문서 말이에요.

- 기도합시다.

그 노파는 그렇게 갔다. 나는 슬그머니 집 안으로 들어왔다. 잠시 후 등 뒤에서 오빠들의 목소리가 들려왔다.

- 엄마는 이성을 잃었어. 오늘이 네 제삿날이다.

갈색 머리 오빠가 말해줬다.

- 도대체 무슨 짓을 한 거야?

다갈색 머리 오빠가 물었다.

- 나는 아무런 짓도 하지 않았어.

- 우리에게 말해 봐. 우리에게는 모든 것을 털어놓아도 돼.

갈색 머리 오빠가 말했다.

- 모두를 위한 하나, 하나를 위한 모두.

그들은 일제히 구호를 외쳤다.

- 나는 아무 짓도 하지 않았어.

나는 중얼거렸다. 그리고 두려움에 아기를 꼭 껴안았다. 아기의 작은 몸이 요동칠 정도로 꼭. 나는 울부짖고 싶은 심정을 겨우 참고 있었다. 바로 아래 여동생의 부축을 받으며 엄마는 우리 앞에 나타났다. 여동생은 알 듯 모를 듯한 미소를 지었다. 오빠들은 슬슬 자리를 피해 도망가고, 엄마는 내 팔에서 아기를 빼앗았다. 엄마는 아기를 내 여동생 팔로 넘기더니, 온 힘을 다해 내 뺨을 때리면서 소리를 질렀다.

- 어린 창녀 같으니라고.

엄마가 오빠들을 부르자 그들은 곧 다시 나타났다. 그녀는 나에게 두 번째 일격을 가했다. 나는 기절할 뻔 했다. 그러나 쓰러지지는 않았다. 여태껏

본 적 없는 바짝 날을 세운 눈빛으로 엄마는 그들에게 명령했다.

- 가위와 면도칼을 가져와라. 세탁실에서 기다리마.

나는 며칠 전부터 기력이라곤 찾아볼 수 없던 엄마가 무슨 힘으로 내 머리채를 움켜쥐고 세탁실까지 끌고 갈 수 있었는지 도대체 알 수 없었다.

- 무릎 꿇어.

그녀는 나에게 소리쳤다. 나는 무릎을 꿇고 앉았다. 그녀는 내 머리를 앞으로 기울였다. 그리고 얼굴을 덮고 있던 머리카락을 한 움큼 쥐었다. 그때, 오빠들이 가위와 면도칼을 든 채 나타났다.

- 여기 있어요.

그들이 과장된 말투로 말했다.

- 전부 깎아.

엄마가 그들에게 명령했다. 재미 반, 걱정 반으로 오빠들은 내 머리카락을 잘랐다. 머리카락이 땅바닥에 떨어져 수북하게 쌓일 때까지 그 일은 계속되었다. 그러는 동안 나는 정신을 가다듬었다. 현실적으로 일어나지 않을 기적을 바라고 있었다. 나는 나를 도와줄 모든 가능성을 열어보았다. 혹시, 엄마라면 자신의 아이들을 구하기 위해 그 어떤 것도 하지 않을까?

그래. 이것은 전쟁터를 누비던 엄마의 전략이야. 머리를 깎음으로써, 여성의 가장 아름다운 부분을 없앰으로써, 엄마는 이 결혼을 막기 위한 수단을 찾으려는 거야. 역시 엄마는 똑똑해. 내가 도저히 따라갈 수가 없다니까. 아마도 전쟁터에서 죽음을 넘나들면서 자연스럽게 배운 생존전략일 거야.

그렇다. 그 모든 것이 엄마의 계략이었다. 나와 우리 오빠들은 영문도 모르고 그 계략에 동참한 것이었다.

약혼식이 1주일 밖에 남지 않았어. 내일이면 오빠들은 파리에 사는 삼촌 댁으로 출발해야 해. 나의 미래 시댁 식구들, 이맘[39], 약혼식 증인들, 하객들이 나의 변한 모습을 보게 되면 모두 소스라치게 놀라며 도망칠 것이다. 그러면 더 이상의 결혼은 없는 것이고, 나는 학교로 돌아갈 수 있으리라. 나는 다시 상급학교 진학을 위한 시험을 치를 수 있을 것이고, 아버지는 결국 단념하게 될 것이다.

내가 그런 생각으로 발아래만 보고 있을 때 엄마가 외쳤다.

- 나의 아들들아, 지금 면도해라.

어리둥절하여 오빠들이 되물었다.

- 정말이에요. 엄마?

못된 장난을 앞둔 악동처럼 킥 웃음을 터뜨리며 엄마가 대답했다.

- 그럼 당연하지.

- 약혼식은요?

갈색 머리 오빠가 물었다.

- 맞아, 약혼식은 어떻게 하지.

다갈색 머리 오빠가 거들었다.

- 아무리 그래도 군인처럼 면도하라는 건 아니겠지.

- 약혼식 같은 건 없다.

엄마가 잘라 말했다.

- 더 이상 결혼도 없다. 이것으로 모든 것은 끝이다. 우리는 지금 오아시스의 웃음거리가 되었다. 네 아버지가 나를 내쫓는다 해도 어느 누구도 아버지를 비난할 수 없을 거다.

- 알겠어요.

오빠들이 말했다.

---

39) 이슬람교의 종교 지도자.

순식간에 세 번의 움직임이 끝나고 나의 두개골은 타조알처럼 매끈해졌다. 엄마는 다시 버릇처럼 중얼거렸다.
　　- 기도하자. 기도하자.

## 속 죄

　　그 다음날, 아침에 내가 설핏 잠이 들었을 때 수탉 목이 비틀어지는 듯한 비명이 들렸다. 엄마가 방으로 쳐들어왔다.

　- 냉큼 일어나지 못해! 이 오줌통에 금 간 것아!

　쌍둥이 동생들이 공포심에 비명을 지를 정도로 엄마는 큰 소리로 울부짖었다. 때문에, 스프링이 튀어 오르듯이 여동생은 침대에서 벌떡 일어났다.

　- 나는 아무 짓도 안 했어. 나는 아무 짓도 안 했어.

　그녀는 팔로 머리와 얼굴을 감쌌다.

　- 다른 암캐 일이다. 그러나 네 차례도 올 거다.

　엄마가 소리 질렀다.

　- 내 차례는 결코 오지 않을 거야. 나는 언니랑 달라. 나는 절대로 머리를 면도기로 미는 일은 없을 거야.

　엄마는 복도를 지나 나를 침대에서 끄집어내며 말했다.

　- 잠자코 따라 오너라.

나는 잠이 덜 깬 혼곤한 상태에서 엄마 뒤를 따라갔다. 그 일이 있고 난 후에, 나는 절대 복종하는 사람이 되어 버렸다. 아무런 감정도 표시하지 않고 누군가의 뒤를 따라갔다. 대체로 참을 만 했으나 가끔 모욕적인 순간도 겪어야 했다.

1주일에 한 번 있는 ≪명사 초대≫ 살롱에서 아버지가 친구들과 모여서 정치논쟁에 참여할 때였다. 그때, 나는 차와 엄마의 그 솜씨 좋은 튀김을 나르고 있었다. 순간적으로 눈물이 핑 돌았으나 간신히 참고 아버지를 바라보았다. 아버지는 내 정강이를 때리고 만족한 표정으로 낄낄 거렸다. 그것은 한 치도 에누리 없는 비웃음이었다.

엄마를 따라가면서 나는 잠시 생각에 잠겼다.

현행범으로 발각된 다음 나는 한 번도 거절이라는 단어를 사용해본 적이 없었다. 날씬한 뒤태를 강조한 옷을 입은 엄마의 등 뒤에서 찰랑거리는 붉은색 머리카락 뭉치를 바라보며 어디든지 엄마를 뒤따라갔다. 공원에서 현행범으로 들킨 후에 거리에서 아버지 뒤를 따라갔고, 빈민가에서는 노파의 뒤를 따라 갔으며, 산부인과 진찰실에서는 간호사의 뒤를 따랐다. 지금 이 순간에도 이렇게 엄마의 뒤를 따라가고 있는 것이다. 어디를 향해 가는 지 전혀 알지 못한 채로. 그것은 이렇게라도 내 삶과 땅에 속죄하고 싶었기 때문이었다.

엄마의 이런 저런 행동은 도대체 어디로 향하고 있는 것일까. 그 방향을 알기까지 꽤 오랜 시간이 걸렸다.

그 여름 내내 나는 언제나 같은 명령과 방침을 따랐다. 매일매일 엄마의 노예가 되어 집에 고용된 종처럼 엄청나게 많은 일을 하였다.

염소젖 짜고 난 후 풀어 놓기, 닭장 청소하기, 달걀 모으기, 가금류 돌보기, 닭잡기, 닭의 다리를 결박하고 안마당 수도꼭지 앞으로 갖다 놓으면 아버지는 그가 시청에 출근하기 전 닭의 머리를 자르기도 하였다. 안마당을 빗질하고, 빵 반죽을 하며, 가족 전체를 깨우고, 식사시중을 들고, 침대 정리하고, 방 정돈하기, 각 방마다 타일바닥을 청소한 후 걸레 빨기, 야채 손질하기, 불 위에 냄비 올리기, 익히는 것 지켜보기, 상차리기, 설거지하기, 가족들이 남긴 빵이나 말라비틀어진 빵 먹기 등등.

나는 일에 치여 식욕을 잃을 정도였다. 그렇다고 일을 안 할 수는 없었다. 아무튼 지루한 일들의 반복이었다.

닦기, 문질러 닦기, 공들여 부엌을 반질반질하게 닦기, 아침, 점심, 저녁 내내. 시트 삶기, 마르세유 비누로 문지르기, 헹구고 말리기, 테라스에 널기, 아마로 된 시트들은 물에 젖어 엄청난 무게감이 있는데 모두 다림질을 해야 했다. 다림질하기, 또 다림질하기. 45℃나 되는 다리미 옆에 선 채로 나는 마치 기계처럼 다림질을 하면서 이따금씩 엄마의 지시를 들어야 했다.  .

- 증기다리미로 린넨 옷을 다려라.


일주일에 한 번, 엄마의 베일로 머리를 감싼 채 여동생들을 데리고 하맘에 가곤 했다. 그건 여자들의 빈정거림을 무릅쓴 대담한 행동이었다.

- 너는 왜 머리를 빡빡 밀었니?

욕탕 관리인이 내게 물었다. 나의 부어오른 두개골을 손으로 쓰다듬으며 대답했다.

- 모르겠어요.

- 쟤 아버지가 소년과 함께 옷을 벗고 있는 모습을 본 게야.

누군가 그 말을 하자 목욕탕에 온 모든 사람들의 시선이 일제히 나에게 쏠렸다.

- 그것도 공원에서 말이야!

- 그녀는 임신했을 거야. 아니라면 부모가 저러한 방식으로 징계하지는 않았겠지.

그녀들은 나의 평평한 배를 곁눈질로 보며 수군거렸다. 하지만 나는 꾹 참으며 혼잣말로 중얼거렸다.

- 신은 악마의 딸조차 너그럽게 봐 주시지 않겠는가. 그가 참다운 신이라면 말이다.

나는 숨 돌릴 새도 없이, 피곤함도 잊은 채로 집안일을 억척스럽게 해치웠다. 상황은 호전되지 않았다. 내 바로 아래 여동생이 나를 괴롭히는 심술궂음이 빠른 속도로 쌍둥이들에게 전해져 그들이 따라 하기에 이르렀다. 하지만, 엄마의 애정을 되찾기 위해 타는 목마름으로 희망을 붙잡으며 모든 상황을 이겨냈다. 지쳐가는 내 영혼을 달래고 달래면서. 내가 실망시킨 불쌍한 엄마, 불행하게도 나의 유일한 실수 때문에…, 첫째 딸인 나 때문에 엄마는 엄마 자신이 애써 개척하고 살았던 운명을 고민하고 있지 않은가.

여름은 끝나가고 있었다. 엄마는 점차 늦게 일어났다. 아버지가 직장으로 또는 종려나무 숲으로 휴식하러 간 이후에도 오랫동안 누워 있었다. 내가 방으로 커피를 가져다주면 깨작거리듯 찔끔찔끔 마시거나, 때론 마시는 것조차 잊어버리고 멍하니 있기도 했다. 엄마는 입속으로 무슨 말인가를 중얼거렸다. 무슨 소리인지 들으려고 했으나 잘 들리지 않았다.

아마도 약간 정신이 나간 듯했다. 왜냐하면 이제껏 나를 대하던 태도를 버리고 마치 친한 사람처럼 대했기 때문이었다. 갑자기 그녀가 나를 보고 살포시 웃더니 나에게 말했다.

- 어떤 남자가 왔었다. 그리 대단하지 않은 그저 평범한 남자 말이다. 귓

속말을 했다. 아마도 ≪결핵환자≫인 네 아버지가 엄마를 사라지게 할 지도 모른다고. 나는 이것을 그 누구에게도 말하지 않았다. 하지만 나는 죄를 숨기며 우리 안에 드리워진 여자의 삶을 깨뜨릴 전략을 가지고 있다. 이 땅의 딸들의 삶을 자유롭게 할 전략 말이다. 엄마는 섣불리 행동하지 않을 것이다. 하지만 곧 그 전략을 적용할 것이며 모든 상황을 내가 다 파악할 수 있으므로 일이 곧 잘될 것이다. 다갈색과 갈색머리인 너의 오빠들은 신뢰할 만한 동료이지만 그들로 충분하지 않으니 좀 더 사람을 알아봐야겠다. 네가 나를 좀 도와줄 수 있겠니?

- 무슨 일인지 잘 모르겠지만 도와줄게요.

나는 내 목소리를 왜곡하며 내가 진정 다른 사람이었음을 믿게 하기 위해 애를 썼다. 하지만 엄마는 정신이 온전히 돌아온 후에는 태도가 달라졌다. 그녀가 믿었던 게 내가 아니었음을 알아차리고 나는 단지 그녀의 딸이자 여자 죄인이었다고 그녀는 신뢰를 남용했다고 투덜거렸다. 그녀는 아들들이 돌아오기를 기다렸다. 또 다시 내 머리를 짧게 깎기 위해. 부드럽고 관대했던 조금 전의 엄마는 갑자기 신랄하고 무섭게 변해 나에게 호통을 쳤다.

- 너는 인간쓰레기야. 오늘 당장 맨손으로 빵 화덕의 불을 쑤시어 일으켜라. 만일 네가 조그마한 비명이라도 질러서 내 귀를 성가시게 한다면 나는 너에게 숯을 먹일 것이다. 알겠느냐?

말도 되지 않은 소리다. 어떻게 맨손으로 잉걸불을 일으키겠는가. 그녀는 다시 내 쪽으로 곁눈질했었다. 그리고 마치 내가 엄마나 되는 듯한 표정으로 말했다.

- 만일 네가 네 딸이 남자들과 여자들이 두려워하는 전사, 잔 다르크가 된 것을 안다면.

이라거나

- 하느님 맙소사, 엄마는 우리 시대의 혁명이 겁쟁이에게 아무런 도움이 되지 않을 것을 믿는다.

그리고는 마치 익숙한 길을 찾아가듯이 그녀는 침대로 가서 비몽사몽간에 깊이 잠들었다. 나는 자질구레한 일들이 남았으므로 엄마 곁을 떠났다.

여름이 끝나갈 무렵에 오빠들은 바캉스에서 돌아왔다. 엄마는 무기력에서 헤어 나왔다. 선물과 먹을거리를 배분하는 자리에서 멀리 떨어져 내 시선을 피하는 오빠들을 관찰하며 나는 그동안 일에 시달려 몸이 많이 축났다는 것을 알았다.

## 명예 살인

내가 닭 깃털을 뽑으면서 또는 염소젖을 짜
다가 잠이 들 때면 어김없이 저녁 수프는 준비되지 않았다. 또한, 내가 아기
를 돌보고 있는 동안에 내 빵은 까맣게 타버렸다. 엄마는 이를 간과하지 않
고 오빠들을 불렀다. 그리고 나를 종려나무 둥치에 묶었다.

물에 적신 밧줄을 들고 엄마는 피가 날 때까지 나를 때렸다. 엄마가 더 이
상 나를 때리지 않을 때는 기절하기 일보 직전일 때였다. 엄마는 오빠들에게
밧줄을 넘겨주며 말했다,

- 자, 온 힘을 다해서 내리쳐라. 너희들은 남자다. 남들이 너희들을 손가
락질 하지 않도록. 동생이 죽더라도 내가 책임지겠다.

그리고 의식을 잃었다.

처음에는 오빠들이 엄마의 말에 복종했다. 논리는 간단했다. 오빠들은
≪창녀≫를 도울 수는 없다는 것이다. 설사 그 창녀가 여동생이라 할지라
도. 하지만 그들이 나에게 일어난 일들을 알아차린다면 나를 조금이라도 동
정해줄 것이다.

그 후 그들은 나를 때리는 시늉만 했다. 어쨌거나 나는 마취를 당한 듯 아무런 감각도 느끼지 못했다. 차라리 이 모든 상황에 대해 웃고 싶었다. 그 웃음은 외침에 가까울 것이고, 목에서 용암처럼 분출될 것이다. 죽음을 일깨워주고 살아있는 사람을 짜증나게 하는 그런 웃음이었다. 그들을 지옥으로 보내려는 웃음 같은 것이다. 나는 지옥행이 면제되었다고 생각했고, 내 삶으로 천사 부줄이 다시 돌아올 것이라고 확신했었다. 왜냐하면 그가 나에게 엄마는 나를 위해서 내 죄를 깨끗이 씻어 없앨 수 있는 전략을 매일매일 고심한다고 말했기 때문이었다. 나는 천사에게 물었다.

- 천사여, 도대체 어떤 잘못을 말하는 거니? 나는 겨우 아이일 뿐이잖아….

- 앞으로 올 죄 말이야.

- 올 죄라니? 그럼 내가 살아남을 수 있단 말이야?

- 너는 살아남을 거야. 네가 오늘 겪는 끔찍한 일은 훗날 네게 도움이 될 거야.

- 나에게 무슨 도움이 되는 건데?

- 네 기억 속에서 말이야.

- 나는 그 말을 이해 못 하겠어.

- 너는 이해하게 될 거야. 네가 엄마가 되면 네 잘못이 딸을 통해 반복되는 것을 거부할 테니까.

- 그렇다면 왜 엄마는 기억하지 않는 거야? 그녀는 왜?

- 왜냐하면 네 엄마는 당시의 고통 말고는 결코 다른 것은 기억하지 않으려고 무의식 속에서 거부하고 있기 때문이야.

- 내가 훗날 평온할 거란 얘기야?

- 그래. 네 나라의 법이 변한다는 조건 하에 그래. 법은 너에게 불리한 것

들을 멈추게 할 테니까.

　- 천사여, 너는 선전용 문구처럼 남을 현혹시키듯 말하는 구나,

　- 비아냥거리지 마. 곧 너는 말하게 될 거야. 너희 나라 여자들도 말하게 될 거야. 이미 이전에 다른 여자들이 말했던 것처럼. 너 이후에 다른 여자들도 말할 거야. 그러므로 너는 지금부터 실행에 옮겨야 돼. 그 전투는 길고도 고단할 거야.

　- 네가 말한 그 법이 결코 변하지 않으면 어떻게 해?

　- 너는 너를 존중해주고 보호해 줄 나라로 떠나야만 할 거야. 또한 이것을 알고 있어야 해. 법은 헤게모니와 권력으로부터 벗어나기 위해 필수적이지만, 필연적으로 의식을 변화시키지는 않아.

　- 그걸 어떻게 알 수 있어?

　- 네가 있는 그곳에서 언제나 누군가를 알아보게 될 거다. 남자든 여자든, 너에게 직접적으로 또는 간접적으로 말을 할 거다. 너는 좋은 직업을 가지게 될 거야…. 여자로서. 거의 남자들의 일이지만. 또는 네가 하는 일에 대해 남자들이 과연 해낼 수 있는 지 의심을 가지게 될지도 몰라.

　- 제기랄….

　- 맞아. 너에게 언급해줄만한 많은 유사한 예들을 나는 알고 있어. 그러나 짖는 개를 무시하고 달리는 캠핑카처럼 너는 그런 것들을 무시해 버리는 것이 좋아. 특히 너는 이데올로기를 위해 죽이는 사람들을 지나치게 될 거야. 그리고 무기로 또는 글로써 그들과 싸우게 될 거야. 내 자료에 따르면 너는 글로써 투쟁할거다. 어쨌든 네 엄마는 무력으로 싸웠고 너는 글로써 싸울 거야….

　예언을 마치고 나서 천사 부줄은 사라져 버렸다. 현기증이 엄습해왔다. 그러나 정신은 고통스럽게도 더욱 명확해졌다. 어떠한 것도 나의 기억 속에

서 도망가지 않을 만큼 그토록 정신이 또렷해졌다. 엄마를 지탱해주는 형제들이, 팔에 의지해서, 다리에 의지해서, 한 마디씩 던졌다.

- 암소는 우둔하고 늙었어….

- 죽지 않는 사람은 강하게 된다.

- 죽지 않는 사람은 미치게 된다….

엄마가 잠이 들자 오빠들은 내가 묶여져 있는 종려나무 발치로 다시 돌아왔다. 그들은 내 머리를 감싸고 있는 베일에 물을 적시고 내 얼굴에, 내 입술에 물을 묻혀 주었으며 내 상처를 씻어 주었다. 상처에서 너무 많은 피가 났기 때문에 그들은 알코올로 소독해 주었다. 겨우 의식이 깨어났다.

- 비명을 지를 수 있었다면 소리를 냈어야 했었어. 그러면 매질을 멈췄을 텐데.

다갈색 머리 오빠가 말했다.

- 그 말이 맞아. 엄마가 너를 때릴 때 웃는 대신에 아프다는 걸 표현했어야 했어.

때때로 그들은 나를 풀어 주고 집으로 데리고 갔다. 그러나 아버지의 암묵적인 명령과 엄마의 명령을 어기는 것에 대한 두려움, 겁쟁이가 되는 두려움에 시달렸다. 또한, 점점 더 무서움에 떠는 여동생들, 점점 더 감시하는 살무사가 되어 모든 행동과 신호를 살피며 죄를 자백하라고 위협하는 그들이 나를 자유롭게 해 준다면, 엄마가 하는 모든 것을 방해하는 것이 된다. 그래서 그들은 대책을 강구하기 시작했다.

- 경찰을 불러야만 돼.

다갈색 머리 오빠가 말했다.

- 너는 그런 결정을 할 수 없어.

갈색 머리 오빠가 대답했다.

- 왜, 안되는데?

- 이 문제는 어떠한 사안일지라도 엄격하게 취급되지 않아. 왜냐하면 부모가 딸을 죽일지라도 법정은 그들을 단죄할 수 없어. 명예 살인으로 간주되니까.

- 설마?

- 맞아. 그것이 법이야.

- 우리가 딸이 아닌 것이 참으로 다행스럽다.

- 맞아, 우리는 정말 운이 좋은 거야.

- 그녀를 도망가게 해 준다면?

- 어디로, 어떻게?

- 나도 모르겠어. 생각해 보자. 해결점을 찾을 수 있다고 확신해.

갈색머리 오빠가 몸을 부르르 떨며 말했다.

- 어려운 점은 말이야, 이전처럼 될 수도 있다는 거야. 어쩌면 이전보다 더 나빠질지도 모르지만. 아버지가 엄마를 이틀 이내로 내쫓거나 영원히 내쫓을 수도 있어. 왜냐하면 엄마는 우리 앞에서는 사나운 태도를 보이지만 아버지와 다시 합치기 위해서는 고분고분해질 테니까.

그랬다. 엄마는 더 이상 아버지의 저녁 식사 수발을 놓치지 않았다. 그녀는 아버지의 종교적인 이야기까지 귀담아 들었다. "나, 나는 남자다"로 시작되는 허세도 받아주었다. 게다가 그녀는 문 앞에서 그가 집으로 돌아올 때까지 기다렸으며 아양을 떨었다. 귀가가 늦으면 일부러 삐치는 애교까지 부렸다. 그녀는 그에게 전혀 반항하지 않았고 결코 딸들의 방으로 피신하지도 않았다. 그렇게 엄마는 나의 아버지인 폭군의 애완견으로 변모되어

갔다.

이렇게 되니 좋은 점도 있었다.

아버지는 더 이상 엄마를 ≪미친 암돼지≫라고 부르지 않고 더 이상 내쫓아 버린다고 협박하지도 않았다. 엄마가 애인이라도 되는 것처럼 다정하게 대했다. 엄마에게 아름다운 옷감과 보석, 옷, 구두를 사주겠다고 약속했다. 심지어 10월에는 딸을 오아시스에 있는 프랑스 학교에 보내겠다고 장담하기도 했다. 그 학교는 가르멜 수도회 수녀원에서 운영하는, 이제 막 개학하는 학교였다. 엄마의 계획은 이런 것이리라. 거기서 이미 프랑스어를 배웠으므로, 딸이 열심히 혼자서 공부를 하면 이미 배운 프랑스어가 아깝다는 명분을 내세워 딸을 파리로 보낼 심산이었다. 파리는 여자에게 피임하는 방법을 가르쳐 줄 것이다. 하지만, 그것은 엄청난 짓이었다. 남자 자손을 낳기 위해서는 피임을 해서는 안 되기 때문이었다. 아무리 여자의 몸이 중요하지만 남자 아이를 낳는 것보다는 절대 중요하지 않았다.

- 맞아, 그렇게 되면 아버지는 최소한 이틀은 엄마를 내쫓아 버릴 거야.

몸을 떨면서 다갈색 머리 오빠가 말했다.

## 오빠들의 도움

휘몰아치는 모래바람과 함께 가을이 시작되었다. 모래바람은 밤이 되면 더욱 기승을 부리다가 새벽에야 멈췄다. 도시는 붉은 먼지로 뒤덮였다. 골목마다, 집집마다 먼지가 켜켜이 쌓여 있었다.

어느 날 오후 엄마는 내가 만들었던 도기들을 보자마자 깨부수었다. 이것은 음경의 상징이라고 또박또박 공언했다. 내가 행한 사악한 짓에 대한 물증이자 근거라고 엄마는 단정 지었다. 엄마는 나를 커다란 종려나무에 묶었다.

그리고 나를 몹시도 때렸다.

엄마는 아직 정신이 온전했으므로 내 오빠들은 열이 난 내 머리를 식히거나 매질로 생긴 상처를 돌보아 줄 수 없었다. 침묵의 시위를 벌이면서 그들이 나를 집으로 데리고 들어 왔을 때, 한 줄기 바람이 일었다. 엄마는 비웃으며 말했다.

- 아니지, 여기 데려오면 안 돼. 얘는 정원에서 잠을 자야 해. 정원을 좋아하잖아. 하도 정원을 다니더니 발 위로 곪아 문드러졌잖아. 그래 짐승이라

고 불러야겠구나.

엄마는 생각이 날 때마다 덧붙였다. 줄곧 졸졸 따라다니는 쌍둥이 동생들은 원피스 아래를 벌벌 떨면서 엄마에게 맞장구를 쳤다.

해가 질 무렵에 바람은 일지 않았고 엄마는 정원으로 다시 돌아왔다. 나를 묶은 밧줄을 재차 확인한 엄마는 짓궂은 장난을 치기 시작했다. 마치한 어린 아이의 철없음을 비웃기라도 하는 것처럼. 엄마는 목에서부터 올라오는 큰 소리로 웃음을 터뜨리며 방에 있는 아버지의 시선을 의식하면서 외쳤다.

- 오래된 방법이 최선은 아니지.

아버지는 창문가에서 허세를 떨면서 엄마의 말을 받았다.

- 내가 항상 훈계했던 일이다. 내 말을 허투루 듣지 않았더라면 그곳에 있지 않았을 것이다. 그래. 내 말을 들었더라면 나는 막대한 모든 결혼비용을 쓰지 않았을 것이다. 지참금을 돌려 줄 필요도 없었을 것이고, 오늘 이 애는 보석상인 가정에 있을텐데. 무엇보다 우리 모두는 평온했을 것이다.

엄마가 아버지를 향해 외쳤다.

- 나는 당신에게 용서를 구합니다. 집의 주인이시여, 당신의 지성과 정직을 간과했던 나를 용서하시옵소서.

아버지가 응답했다.

- 너는 용서 받았다. 너도 알다시피 나는 쉽게 용서한다. 그러나 이제부터는 우리가 매를 들어야 한다. 왜냐하면 매만이 유일하게 올바름으로 이끌수 있기 때문이다.

아버지는 가슴을 앞으로 내밀고 뽐내며 옛날 말투로 장황하게 늘어놓다가 엄마에게 그의 소굴로 들어 올 것을 신호했다. 그 다음에는 무엇이겠는가.

곧 사막의 돌풍이 몰려올 것 같다. 하늘이 황금색으로 변하고 붉어지기 시작했기 때문이다. 그때, 엄마가 다시 내게로 돌아왔다. 손에는 물이 든 물병과 수건을 가지고서. 나는 환영을 보는 것이라 생각했다.
- 엄마.
소리가 내 목을 통과하지 못했다.
- 안녕, 동지여.
엄마가 나에게 말을 건네며 내 입술에 물을 적시고 수건에 물을 묻혀 천천히 목을 축일 수 있도록 했다. 나를 옭아매고 있던 포승도 풀어 주었다. 어깨 너머로 슬쩍 눈치를 보며 아버지 방의 닫힌 덧창을 향해 엄마가 말했다.
- 나는 너를 온전히 풀어 줄 수는 없다. 당분간은 안 된다. 우리는 상황을 엿보고 있다. 나는 실행할 계획을 강구했고 내 동료들, 참전했던 내 동료들과 접촉하는데 성공했다. 나는 너를 몸이 불편한 사람으로 변장시킬 계획이다. 곧 너는 이곳을 떠날 수 있을 것이다. 나는 너를 미친 노파로 변장시킬 거고 너는 기다리고 있을 나의 동료들과 산에서 합류할 것이다. 그들은 너를 기다리고 있다가 너에게 준비된 옷을 입혀줄 것이다. 그들과 같이 올이 굵은 거친 옷감으로 된 작업복과 장화를 신어라. 그들의 투쟁은 곧 너의 투쟁이 될 것이다. 너는 절대로 잊어버려선 안 된다. 그들이 자유롭지 않다면 너도 자유롭지 않을 테니까. 너는 추위와 두려움, 배고픔을 견뎌 내야 할 것이다. 네가 그들에게 신임을 얻는다면 그들은 네가 학업을 계속할 수 있도록 수도로 보내줄 것이다. 우리는 빠져나갈 수 있다고 내가 너에게 약속하지 않았던가? 너는 인내로 단련되어야 한다.
엄마의 힘없는, 그리고 무기력한 목소리는 계속되었다.

- 이 일은 더 이상 현재의 문제가 아니다. 곧 모든 것은 머나먼 악몽으로 남을 것이다. 기관총 소리가 들리지 않니?

엄마는 귀를 잡아당기며 덧붙였다.

- 예….

- 이 소리는 그들이 너무 멀리 있지는 않다는 신호야. 너에게 당부한다. 네 여동생들, 말리카, 마이사, 라티파, 이 지긋지긋한 계집애들을 자랑스럽게 생각하지 마라. 그들은 교활한 자매다. 나의 친자매지만 배신자였던 네 이모들과 다를 바 없다. 결론적으로 말해서, 불쌍한 내 딸아, 너는 내가 책임질 것이다. 대신에 너는 너의 두 오빠들인 갈색머리와 다갈색 머리인 야시르와 야신을 전적으로 신뢰해야 한다. 그들은 결코 너를 배반하지 않을 거야. 그들이 너의 탈출을 도와줄 것이다.

엄마는 베일을 벗기고 내 머리카락을 드러낸 뒤 손으로 쓰다듬으며 말했다.

- 잘 되어가고 있다. 그러나 여전히 적을 속이기 위해서는 완전히 무너져야 한다. 우리는 너를 묶어 두고 때릴 것이다. 이것은 전략이다. 나는 이성으로 가득 차 있으니 나를 믿어라.

엄마는 마지막으로 내 머리카락을 손으로 쓰다듬고 내 머리를 감싼 베일의 매듭을 정성스럽게 묶었다. 그리곤 가버렸다. 하지만 튀어 오르듯 뛰면서 다시 돌아왔다. 엄마는 결의에 찬 격려를 보내는 듯 나에게 신호를 줬다.

하늘이 흐려지고 바람이 일었을 때 나를 묶어 둔 사슬은 풀렸다. 모래는 나의 상처를 후벼 팠고 나의 아픈 곳을 일깨워 주었다. 나는 따가워서 고통스런 비명을 질렀다. 그러나 거센 모래 폭풍은 나의 비명소리를 삼켜버렸다.

그때 오빠들이 정원 쪽으로 내려왔다.

- 끔찍해, 너무 끔찍해.

다갈색 머리 오빠가 말했다.

- 거역하자.

부모의 방 창문을 바라보며 갈색 머리 오빠가 말했다.

- 우리가 잃었던 것이 있었던가? 부모는 감히 우리 머리카락 한 올도 만지지 않았어. 우리에게는.

- 우리가 딸이 아닌 게 참으로 다행스러운 일이야.

- 그래, 맞아. 우리는 운이 좋아.

- 우리는 너를 자유롭게 해 줄 거다, 자매여. 근데 너는 우리에게 말해준다고 약속해야 돼. 도대체 공원에서 무슨 일이 있었던 거야.


그들은 나를 풀어주었고 그들의 방으로 데려갔다. 갑자기 여동생이 나타났고 부모님께 이르겠다고 위협했다. 다갈색 머리 오빠는 여동생의 엉덩이를 발길질했다. 이르기 전에 눈으로 보라고 했다.

그들이 나를 돌봐주는 동안 나는 그들에게 공원에서의 일을 상세하게 이야기해주었다. 가구제조 견습공이 자꾸만 귀찮게 조르는 행동, 아버지가 경사진 곳에서 갑자기 나타난 일, 아버지의 침묵, 무언의 협박, 빈민가의 노파, 아버지가 노파에게 한 약속, 산부인과의 간호사, 나는 그 어떠한 것도 잊지 않았다. 나의 천사 부줄과 점점 더 심해지는 엄마의 정신착란까지도.

- 세상에….

갈색 머리 오빠가 입을 열자, 다갈색 머리 오빠가 말을 이었다.

- 세상에… 우리는 네 원수를 갚아 줄 테다. 우리는 그 놈의 얼굴을 갈겨 줄 거다. 그 못생긴 가구제조 견습공. 우리는 너를 이곳에서 탈출시켜 줄

거다.

그 때, 나는 그의 말을 다 듣지 못하고 의식을 잃었다.

# 깨 어 남

낯선 냄새가 목구멍 아래에서부터 올라왔다. 나는 눈을 뜨기 위해 안간힘을 썼지만 눈을 뜰 수 없었다. 체념한 채로 소리 나는 쪽으로 귀를 기울였다. 낯선 목소리와 익숙한 목소리가 한 데 섞여 파편처럼 내 귀로 흘러들어왔다.

뇌진탕입니다.
망막이 떨어져 나갔습니다.
혈뇨를 쏟았습니다.
자칫 목숨을 잃을 뻔 했습니다.
여전히 안심할 수 있는 상태는 아니며 죽을지도 모릅니다.
엄마도 입원했습니다.
아닙니다. 이곳은 아닙니다. 정신병원입니다.
사람들이 길에서 붙잡았습니다.
거리의 부랑자 행색이었답니다.

손에는 식칼을 들고 있었답니다.

설마요?

맞습니다.

그녀는 지하운동에 참여했었다고 주장합니다.

세상을 구하기 위해서요.

그리고 자신의 딸을 위해서였답니다.

레지스탕스 운동가였습니다.

산속에서 5년을.

남자들처럼 전투에 참전했답니다.

앞으로 아이들은 누가 책임지나요?

우리 아버지의 여자친구가요.

모든 것은 잘 끝났습니다.

적어도 첫째 딸을 위해서는요.


어렴풋한 백열등 불빛 속에서 나는 눈을 살며시 떴다. 판사, 그의 부인, 그의 딸, 학교의 여교장이 눈에 들어왔다. 나의 오빠들도 그 곳에 있었다. 침대 양편으로 앉아서. 내 머리위로는 작은 병이 직각자 모양으로 걸려 있었다. 나는 또다시 눈을 감았다. 계속해서 대화는 내 귀로 들려왔다.


언제가 될지 모르지만 그녀가 회복하면 파리에 사는 우리 삼촌댁으로 갈 겁니다.

삼촌은 그녀가 성인이 될 때까지 책임지고 보호할 것입니다.

그는 학교에 보내준다고 약속했어요.

그녀는 책 읽기를 좋아합니다. 나는 그녀에게 종종 책을 빌려다 줄 겁니다.

그리고 그림도. 그녀는 자신이 만든 도자기에 그림을 그려 넣곤 했습니다. 그녀는 너무 어린 나이에 모든 것을 배워버렸습니다.

너무나 어린 나이에.

우리를 바라보면서.

우리는 여교장 마드모아젤 슈미트가 우리 엄마에게 말해준 것에 대해 고마운 마음을 충분히 표현할 수가 없습니다.

그것은 어려운 일이 아니었습니다. 그녀는 누군가 그렇게 개입해주기를 기다리고 있었어요, 불쌍한 여자. 또한 당신 아버지를 설득한 판사님에게 감사해야 합니다.

눈언저리에 멍든 자국은 무엇 때문이니?

아무것도 아니에요. 내 형제랑 싸웠어요. 우리는 종종 치고 받는 싸움을 하면서 놀거든요.

내 생각에는 네가 가구제조 견습공을 입원시키는 데 일조를 한 것 같구나.

아니라니까요. 정말 아니에요.

그는 마땅히 맞을 짓을 했어요. 어린 소녀를 곤경에 빠트린 대가가 무엇인지 톡톡히 배웠을 거예요.


모두를 위한 하나, 하나를 위한 모두. 나는 스스로에게 물었다. 허공 속에서 다리를 움직이고 내 시선에 들어 온 나의 천사 부줄은 포동포동한 손을 가볍게 흔들었다.

- 멋지게 출발해라.

그는 그렇게 속삭이고는 날아가버렸다.

얼마 후에 나는 눈을 떴다.

# 마그레브 출신 프랑스 작가, 이슬람 여성인권을 말하다.
## 남성의 권위, 가정 내 여성 폭력, 일방적인 소박(이혼 당함), 일부다처제, 명예 살인

- 장나나 -

## 1. 레이라 마루안느의 생애와 작품

### 생애

레이라 마루안느는 1960년 튀니지에서 Leyla Zineb Mechentel라는 이름으로 10남매 중 첫째로 태어났으며 1967년부터 부모님을 따라 알제리로 이주하여 학창 시절을 보낸다. 대학에서 의학과 문학을 공부한 후 사회로 나와 기자로 일한다. 페미니스트 작가로서 공개적으로 드러내기 힘든 이슬람의 금기들인 남성의 권위, 가정 내 여성 폭력, 일방적인 소박(이혼 당함), 일부다처제, 명예 살인 등을 글로써 밝혀 테러로 인한 생명의 위협을 느끼게 된다. 이에 1990년 아버지 친구가 있던 프랑스 파리로 망명하여 〈르 몽드지〉에 글을 기고하다 마그레브 출신 프랑스 작가로 활동하고 있다.

그의 작품에 대한 논의에서 주된 초점은 작가가 태어나고 자란 마그레브지역 여성들에 맞춰지는 경향이 있으며 관습에 따라 억압되고 종속된 여성의 제한적인 역할과 남성 위주의 가부장적 가정에서의 여성 인권에 대한 성찰이 주를 이루고 있다.

---

1) 이 부록은 1과 2로 나뉘어 레이라 마루안느의 작품 세계를 소개하고자 옮긴이가 집필한 〈프랑스 사회에 나타나는 지중해이남 여성의 치유 혹은 정체성: 레이라 마루안느(Leïla Marouane)를 중심으로〉 (『지중해문명의 다중성』 2010. 07. 이담북스)의 일부를 발췌, 보완한 것이고 3은 관련 보고서의 일부를 번역한 것이다.

**작품**

『카스바(성채)의 딸』(La fille de la Casbah. 1996)

젊고 아름다우며 유능한 교사인 무슬림 여성 아다(Hadda)는 엄마와 동네 이웃들과 함께 알제(Alger)의 이슬람 공동체인 성채에 거주한다. 오랜 전통적 관습에 의해 보편적이며 순종적인 삶을 살던 아다는 가족에 의해 결혼을 강요받게 된다. 이를 거부하고 싶은 아다는 강압적인 결혼 대신에 자유를 얻고 싶었으나 공동체 내에서 고립되고 만다. 결국 아다는 선택의 여지없이 자신의 운명을 한 부유한 남자에게 내맡기게 되고 가족이 원했듯이 결혼을 통해 수도 알제에서 상류층 삶을 경험하고 단번에 신분상승이 이루어지게 된다. 이제 화려한 빌라에서 살게 된 아다는 아이러니하게도 자신의 고향 성채와 단절되게 된다.

『강탈자』(Ravisseur. 1998)

제이툰(Zeitoun)은 그를 짓누르고 있는 알제리 사회의 도덕적 규범을 존중하는 사람으로 신의 법에 충실하고 신봉한다. 반면 가정 내에서는 부인을 단죄하는 등 냉혹하고도 잔인한 사람이다. 부인은 존재하지 않는 실수로 인해 이혼 당하고 만다. 이 모든 결정은 남편에게 있었던 것이다. 이 소설은 언제나 파멸과 파탄으로 이끄는 침묵과 거짓을 강제적으로 부과하는 공동체 사회의 한 단면을 보여준다.

『위선자들의 징벌』(Le châtiment des hypocrites. 2001)

알제리 수도 알제에서 태어나고 자란 마드모아젤 코스라(Mlle Kosra)는 굴곡 없는 평탄한 삶을 살아 왔다. 그러나 라시드 아모르(Racid Amor)의 부인이 되어 파티마 아모르(Fatima Amor)가 되고 5년을 부부로 살아가는 동안 많은 일들을 경험하게 된다. 결국 결혼 5년 후 라시드는 파티마를 떠나 다른 여성에게 가 버리게 된다. 작가는 대비를 통해 폭력과 연약함, 진실과 억압을 넘나드는 급격한 변화의 문제를 보여준다. 한 여성의 초상, 열정과 비밀스러움에 의해 괴롭힘을 당한 한 여성의 모순을 그대로 따라가는데 그러한 자가당착은 결국 억제된 고통과 격분으로 분출하게 된다. 종국에는 한 여성 뒤에 흐르는 냉혹한 광기로 남겨진다.

『크리끌렝』(Les Criquelins. 2004)

두 단편 텍스트인 〈크리끌렝〉과 〈라 조콩드의 미소〉[2]의 묶음으로 이루어진 이 소설은 첫 번째 소설인 〈크리끌렝〉을 제목으로 삼았다. 우선, 〈크리끌렝〉은 한 정신 병원에 불운한 죄수로 자신을 감금한 한 남자가 과거의 어떤 순간들을 떠올리며 시작된다. 대학에서 농학을 전공한 자멜(Djamel)은 수의사를 꿈꾸는 소라야(Soraya)와 만나게 된다. 그들은 학생운동의 멤버이자 사회주의자로서의 희망을 품게 되지만 곧 현실에 부딪혀 실망하게 된다. 이내 곧 모든 것을 운명으로 받아들이고 도시에서 북아프리카 내륙에 있는 오래된 가족 농장으로 귀향하게 된다. 순수한 젊은 부부의 현실은 물질적인 어려움에 봉착하게 된다. 이후 메뚜기 떼들의 습격으로 식물, 주거지, 주민 순으로 온 마을은 초토화되고 만다. 이러한 급작스런 비극을 레이라 마루안느는 은유적이고도 판타지적인 필체로 적고 있으며 무슬림들의 입성으로 느닷없이 전복되는 마을로 묘사한다. 두 번째 소설은 〈라 조콩드의 미소〉로서 모나리자의 별칭인 라 조콩드는 루브르 박물관을 상징하게 되고 루브르 박물관은 파리를 상징한다. 간호사인 자밀라(Djamila)는 알제리를 떠나 파리에 정착하게 된다. 그러나 파리에서의 생활은 기대했던 안락한 공간이 아니었다. 모나리자의 미소는 여전히 도달할 수 없는 수수께끼였던 것이다. 위의 두 텍스트 속의 인물인 자멜과 자밀라는 일상적인 비탄에 빠진 운명을 넘어 마그레브 출신으로 이상향인 프랑스에 정착한 인간의 혹은 한 세대의 가치적 혼돈을 나타낸다고 볼 수

2) 라 조콩드는 모나리자의 이름이다.

있다.

『딸과 엄마』(La jeune fille et la mère. 2005)

"나의 엄마는 결코 돈을 가져본 적이 없다. 엄마는 미장원에 가지도 않았고 하맘 (hammam)에도 가지 않았으며 나의 아버지는 이 모든 외출을 금지했다. 두 여성인 엄마와 엄마를 바라보는 딸의 시각에서 우리는 작가가 경험한 알제리 여성들을 떠올릴 수 있다. 영혼 속에서는 잔 다르크처럼 저항하는 엄마는 현실속에서 결정권이 없는 상황으로 살아간다. 무기력한 엄마의 희망이자 전사와 같은 숨은 에너지는 아버지에게서 강압적인 전제군주의 모습을 보아온 딸을 통해 투사된다. 엄마와 딸은 단순한 모녀관계가 아니다. 바로 자신인 것이다. 가부장적 사회관습에 대한 여성의 증오는 엄마에게서 딸로 전이되는 모습으로 작가는 그리고 있다.

『파리에 거주하는 한 무슬림의 일상』(La vie sexuelle d'un islamiste à Paris. 2007)

어머니와 아들에 관한 이야기다. 온 마음을 다해 아들을 사랑하는 어머니와 어머니의 절대적 사랑, 믿음, 기대가 힘겨워 벗어나고 싶어 하는 40세 미혼 아들 모하메드(Mohamed) 간의 갈등이 주제다. 독실한 무슬림이자 종교 전문가이며 은행에 근무하는 반듯한 주인공은 인생에서 결정적인 선택을 하게 된다. 바로 어머니와 함께 살던 곳인 생-뚜앙(Saint-Ouen)[3]에서 여태까지 자신을 억누르고 있던 모든 형태의 제약을 끝내고자 파리 중심지인 생-제르멩 데 프레(Saint-Germain des Prés)[4]로 분가하기로 결심한다. 종교, 가족, 아들에 대한 자부심이 가득했던 어머니는 충격을 받는다. 아들 역시 헌신적인 속박에서 벗어나 갑작스럽게 마주하게 된 두 문화인 아랍적인 것과 프랑스적인 것의 기로에 서게 된다. 막연하게 천국일거라고 생각했

---

3) 아랍인이 많이 거주하는 지역. 프랑스이지만 아랍 문화가 지배적인 곳.
4) 지성과 도회적인 세련된 젊은 프랑스 문화의 상징 지역.

던 무슬림 청년은 고민하게 된다. 냉혹한 현실에 처한 아들과 아들에 대한 절대적 사랑을 가진 여성인 어머니를 마루안느는 인간관계의 금기와 터부의 세계로 철저하게 해부한다.


## 2. 마그레브 여성과 마그레브 문학의 특성

### 마그레브 여성

레이라 마루안느는 알제리 작가 중에 가장 도전적이라는 평가를 받고 있는데, 그 근거는 다름 아닌 작품 속에서 알제리 여성의 실상을 가감 없이 드러내는 필체 때문일 것이다. 작가는 주변에서 보아왔던 알제리 여성의 삶을 중심으로 글을 써왔다. 이렇듯 오랜 관찰에서 나온 습작은 세상의 빛을 보지 못하고 있었는데 병원에서 49세라는 이른 나이로 숨을 거둔 엄마의 죽음 이후 새로운 전환점을 맞게 된다. 레이라 마루안느는 호주머니 속에 갇혀 있던 글을 세상에 공개하여 알제리 여성의 현실을 드러내고 치유해야 한다는 믿음에서 출간을 결심한다고 밝힌 바 있다. 1994년부터 프랑스 국적을 취득한 작가는 비교적 자유로운 사회 분위기 속에서 글을 쓸 수 있고 출판이 가능하게 됨으로써 1996년 첫 소설을 시작으로 가장 활발하게 페미니스트 시각에서 마그레브 여성을 보여주고 있다.

레이라 마루안느의 작품 속에 등장하는 여성은 『딸과 엄마』에서 가장 잘 드러나고 있다고 볼 수 있다. 작가 스스로 밝혔듯이 엄마는 작품 속의 캐릭터로 살아 있다. 많은 자녀를 둔 엄마로 〈제벨의 잔 다르크〉(la Jeanne d'Arc des djebels)라는 별명을 지닐 정도로 프랑스 치하의 알제리 독립을 위해 싸운 전사로 그려지고 있다. 그러나 가정에서의 엄마는 남편에게 버림받을지도 모른다는 두려움을 지닌 모습으로 맹목적이다. 원하지 않는 반복적인 임신으로 허약해진 몸을 돌볼 겨를 없이 집 안의 일꾼이자 강한 엄마로 살아가는 모습이다. 작품 속에서 엄마는 자신의 꿈을 투영한 딸에게 거는 기대가 상당하다. 문맹인 엄마에 비해 남편을 닮아 글 읽기를 좋아하는 딸이 상급학교에 진학하여 사회에서 훌륭한 사람으로 성장해주길 바라고 있는 것이다. 관습에 의해 선택되어지고 강요되는 결혼 보다는 결혼을 하지 않더라도 성공하는 여성이 되길 원하는 엄마의 의지는 어린 딸 입장에서는 이해할 수 없는 광기로 비춰지기도 한다. 결국 딸이 상급학교 진학시험에 실패함과 이성교제로 인한 불장난으로 실망감을 주자 엄마는 아버지나 남자 형제들에 의해 명예 살인으로 딸이 죽을지도 모른다는 급박함에 스스로 채찍을 들어 딸을 잔인하게 단죄한다. 그러나 죽음의 문턱에 이르렀을 때 엄마는 딸에게 자유롭게 이상을 펼칠 수 있도록 희망과 길을 열어주게 된다. 이렇듯 아내와 딸의 역할인 여성의 운명은 여성의 비극이라는 공통분모를 담고 있다. 그 내면에는 전통을 고수하는 관습에 복종해야 하기 때문일 것이다.

그러나 우리가 주목해야 되는 부분은 이러한 여성의 수동적인 삶이 아니라 그 삶을 극복해보려는 엄마의 의지가 나타난다는 사실이다. 이러한 점이 레이라 마루안느가 페미니스트로서 평가받고 있는 이유일 것이다. 『딸과 엄마』에서 엄마는 부수어 버리고 싶지만 그럴 수 없는 악습을 깨뜨릴 수 있는 길은 상급학교 진학, 학위, 유럽이라고 믿고 있다. 딸에게 이 모든 것을 획득할 수 있는 기회를 주고자 맹렬한 투사로 변모하는 엄마에게서 마그레브 여성이 현실에 저항하고 치유의 길로 나아간다고 볼 수 있을 것이다.

레이라 마루안느의 작품 속에는 어김없이 아랍여성이 등장한다. 그 여성들은 다른 어떤 존재들과 대립의 각도를 이루고 있다. 헌신적인 애정의 어머니와 그 기대에서 도망치고 싶어 하는 아들, 엄마의 희망이자 자신이기도 한 딸과 엄마, 무슬림에 대한 선입견과 프랑스에 거주하는 마그레브 후손들의 방황과 좌절, 전제군주와 같은 남편과 복종해야 하는 순종적인 아내, 가족의 울타리 속에서 자신의 목소리를 낼 수 없는 여성의 이미지가 그렇다.

### 마그레브 문학 특성: 치유 혹은 정체성 찾기

프랑스와 마그레브지역은 지정학적으로 볼 때 지중해를 사이에 두고 서로 마주 보고 있으며 과거 오랜 식민지였던 공통의 역사로 인해 여전히 사회문화적인 많은 영향을 주고받는 파트너다.[5] 이에 프랑스로 이주한 마그레브 출신 작가들의 사회 참여와 다양한 국적을 가진 작가들의 이방성을 수용하고 소통의 장으로 발전시키는 프랑스 사회의 특징이 어울려 지중해 문명의 다중성에 대한 조화를 창조해낸다고 볼 수 있을 것이다. 바로 1960년대 마그레브지역은 프랑스로부터 독립이 되었고 프랑스로 건너간 작가들은 아랍어 혹은 프랑스어로 자신들의 문화권에 대한 '향수'를 문학으로 드러냈었다. 이러한 문단의 흐름이 유지되어 오다가 1990년대 들어오면서는 젊은 작가들이 봇물처럼 탄생하여 그 맥을 이어오고 있다. 그 경향은 두 문화권사이에서 겪는 갈등을 기초로 한 '치유' 혹은 '정체성 찾기'로 확대되는 양상을 보이고 있다.[6] 이는 마그레브 문학(Littératures du Maghreb)[7]으로 출발하여 마그레브의 아프리카 특성(Africanité du Maghreb)을 발견하고자 하는 움직임으로 세분화된 두 문명권의 다중성에 기초한 사회적 배경이 된다. 특히 마그레브 이민자들이 많은 수도 파리(Paris)와 프랑스 남부의 마르세유(Marseille)를 중심으로 활발하게 전개되고 있다.

---

5) 이 두 지역은 2008년 7월 13일 지중해연합 창설이후로는 사회문화적인 교류뿐만 아니라 경제적인 협력까지 포함 시켜 파트너로서 전 방위적인 긴밀한 관계를 재선언하였다.
6) 마그레브 문학은 알제리, 모로코, 튀니지 출신의 몇몇 작가들에서 간간이 발표하는 작품들로 명맥이 유지되어 오다 1990년대부터는 프랑스어로 글을 쓰는 마그레브에서 이주해온 젊은 작가들과 프랑스 태생의 마그레브 출 신 작가들이 대거 등장하여 활발한 문학참여가 돋보이는 상황이다.
7) 파리 13대학의 『마그레브 문학연구』(Etudes littéraires maghrébines)가 대표적 관련 학술지이다.

한편, 오늘날 프랑스와 마그레브에서 공유점으로 삼고 있는 지중해를 화두로 지중해이남 여성[8]이 처한 현실을 드러내고자하는 일단의 움직임이 있다. 여기서 지중해란 프랑스와 마그레브지역에 공통적으로 존재하는 접점으로 인식되며 넓은 의미로는 지중해를 면하고 있는 국가들로 확대될 수 있고 지중해이남 여성 역시도 프랑스에 거주하는 마그레브 출신 여성과 마그레브지역의 마그레브 여성뿐만 아니라 더 확대된 의미로 프랑스에서는 발칸지역을 포함시킬 때도 있다. 이는 마그레브 여성들이 삶을 글로써 나타내는 표현의 장이 공식적으로 마련되어 있음을 의미하는 것이다. 이렇듯 지중해 국가들에 거주하는 여성에게 자신의 정체성과 자아를 찾기 위한 노력의 일환으로 글쓰기를 장려하고 있는 프랑스의 사회적 배경에 주목할 수 있을 것이다. 한편, 상기에 언급된 지중해여성소설콩쿠르는 1995년 11월 유럽-지중해 파트너쉽에 따라 Anna Linda 재단의 경제적인 후원으로 제정되었으며 시상식은 마르세유에 있는 출판사인 Librairie Maupetit[9]에서 매년 개최된다. 출품되는 작품들은 프랑스어로 된 작품이 주를 이루고 자신들의 모국어인 아랍어 및 여러 언어로 된 작품도 시상한다.

마그레브 여성을 다루는 대표적인 작가인 레이라 마루안느의 작품이 사회가 부여한 상처에 대한 치유 혹은 정체성 찾기로 평가되는 이유들은 다음과 같다.

첫째, 이야기의 배경은 이슬람 사회의 상징인 사막을 근거로 하는 경우가 많다. 『딸과 엄마』의 경우에도 사막의 관문인 비스크라(Biskra)가 배경이다. 둘째, 이슬람 사회의 대표적인 제도인 결혼의 형태가 자주 언급된다는 점이다. 결혼은 남성에 의해 선택되어지고 수동적이며 강제적인 모습을 띠고 여성의 입장에서는 굴욕적이기까지 하다. 그것은 가부장적 사회의 전형적인 모습 안에서 여성은 참여를 위한 선

---

8) 최근 프랑스 문단에서는 지리적 용어의 벽을 넘어 다양한 의미를 가진 문학 용어로 확대 재생산되고 있다. 지중해이남 지역 관련 문학상 이름을 따서 통칭하여 지중해이남 여성이라 부르고 있다.

9) 142-144, La Canebière 13001 Marseille.

택의 기로에 서 있기 보다는 남성에게 종속되어 있는 존재로 심지어 죽음마저도 남성이 결정할 수 있는 절대 권력아래 애처로운 존재로 남아 있다는 점이다.

레이라 마루안느는 이러한 반 휴머니즘적인 현실을 숨기지 않으며 잔인한 어휘를 애써 부드러운 필체로 전환하지도 않은 채 있는 그대로의 상처를 보여줌으로써 그 상처를 치유하고자 하는 경향을 보인다. 그리고 그 상처 드러내기를 통하여 정체성을 찾고자 하는 모습으로 발전된다. 또한 작가이자 기자로서의 날카롭게 살아있는 필체는 페미니스트 작가임을 유감없이 보여준다. 사회에 경종을 울리는 사명감을 표현하기 위함이다. 특히, 자신이 경험했던 조국 알제리의 여성 삶을 주로 드러냄으로써 한편으론 생명의 위협을 받을 정도로 위험한 글쓰기를 통해 자아 찾기에 맹렬히 활동하기도 한다.

또한 레이라 마루안느는 프랑스에 이민 온 마그레브 출신 이민자들의 삶을 통해 정체성 찾기를 추구하기도 한다. 전통적인 가치관과 프랑스 사회에 적응하기 위해 배워야하는 사회적 규범 및 종교에서 기인된 혹은 사회 관습적인 문화 차이로 인한 상처와 이질감은 좌절로 머물러 있는 것이 아니라 치유를 향해 나아가려는 방향성을 작가는 이끌고 있다. 『파리에 거주하는 한 무슬림의 일상』에서는 어머니와 아들의 갈등을 통해 이러한 모습을 잘 투영했다. 아들의 고민은 바로 프랑스 사회에 프랑스인으로 살고 싶은 이슬람 청년의 정체성 확립에 대한 방황과 자신을 찾기 위해 전통적인 문화를 버리려 하거나 그러한 출발점인 보수적인 어머니를 떠나려는 아들의 모습이 동시에 비추어 진다. 이로써 프랑스 사회의 젊은이들과 별반 다를 것 없는 일상생활을 하는 무슬림 청년은 어머니의 애정이 과도하게 느껴지고 벗어나야 할 대상이 되어 버린 것이다.

이렇듯 레이라 마루안느처럼 오늘날 프랑스에서 활동하는 마그레브 출신 작가들의 작품 경향은 고향에 대한 향수, 이슬람문화와 프랑스문화의 접변에서의 복잡한 사회맥락에 대한 이해를 토대로 한 정체성 찾기와 현실 참여가 주를 이루고 있다. 특히 1990년대 중반 이후로는 여성 작가들의 도약이 눈부시다. 마그레브 출신 여류작가들의 소설을 중심으로 그 영역을 한데 묶어 아랍여성들의 문학 표현을 향한 토대가 마련되고 있는 이유이기도 하다. 이와 같은 문학적 배경은 북부 아프리카의 마그레브라는 지역성을 탈피하여 몇몇 국제적 연대 채널로 확대되어 그 활동성을 넓히고 있다.

한편, 기존의 프랑스에서 활동하는 마그레브출신 작가들의 작품경향이 사회적 참여에 따른 정체성에 대한 과제와 초월해야 하는 차별과 성공에 대한 교차로를 보여줬다면 레이라 마루안느의 차별성은 조용히 그러나 힘 있게 여성들의 여러 상황을 통하여 지중해이남 여성의 이미지를 보여주고자 한다는 면에서 찾을 수 있을 것이다. 그 형태는 타고난 그대로의 자연스런 보편적인 인간으로서의 모습이라기보다는 주변에 의해 규정지어지는 수동적 삶의 원형에서 출발하여 적극적인 고발의 목소리로 대변된다. 봉건적인 가정 내에서 아내, 딸, 누이인 여성의 역할인 셈이다. 이러한 역할은 우리 현대 사회와 양립할 수 없는 부분이 많다는 점에 주목해야 할 것이다. 작품 속에서 문맹인 여성은 교육을 받을 기회를 갖는 것이 아니라 죄인이 되기도 하고 행복감도 낮아지는 것으로 표현하고 있다. 그러므로 학식이 있는 남편에 대한 복종을 당연시 여기고 엄마의 기대는 딸을 열심히 공부시켜 사회에서 훌륭한 사람이 되는 데 있다. 여성으로서 지도적 위치를 갖추기 위한 요건으로 상급 학교로의 진학과 유럽행을 감행하는 것이다. "공부를 하면 엄마와 같은 삶을 살지는 않을 것이고 네 아버지가 나를 무시하지는 않을 것이다"라는 엄마의 절규는 확고한 의지를 보여 준다.

위와 같이 지중해이남 마그레브 지역 여성들의 위상을 드러내고 치유하며 새로운 길을 모색하고자 정체성 찾기에 노력하는 대표적인 작가인 레이라 마루안느는 우리에게 다음과 같은 점을 시사하고 있다. 첫째, 작품 속 여성은 과거 마그레브 여성의 원형이다. 오늘날은 비교적 완화된 여성의 지위를 갖추고 있긴 하지만 전통이라는 명목 하에 틀림없이 이어나가고 있는 마그레브의 보편적인 여성의 이미지임은 자명한 사실이다. 이것은 "그럴 것이다"라고 하는 막연한 이미지가 아니라 실제 이 지역 여성에 관한 지위 보고서를 통해 더욱 확고해 진다. 둘째, 작품 속 여성들은 분명 수동적 삶을 살고 있지만 종국에는 그 굴레를 벗어나 보려는 역동적인 행동을 함으로써 아픔이 치유되고 정체성을 찾고 있다. 셋째, 레이라 마루안느는 매 작품마다 주인공으로 등장하는 여성과 이슬람의 금기라는 주제에만 갇혀있는 것이 아니라 『파리에 거주하는 한 무슬림의 일상』에서 보여주듯이 어머니와 아들이라는 역할로 바라보는 이슬람 여성과 어머니에 종속된 아들을 통하여 인간의 자유의지로 확대되는 것을 볼 수 있다.

결국 레이라 마루안느는 작품을 통해 마그레브 여성의 현실을 역할 속 인물과 상황을 실제처럼 상당부분 수용하여 드러내고 있다. 레이라 마루안느의 작품 속 여성을 되짚어 보자. 이 지역 여성의 지위를 대변하는 『딸과 엄마』의 엄마는 남편을 대할 때의 순종적인 모습과 딸의 미래를 이끌어 주고 싶어 하는 능동적 역량을 발휘하는 여성으로서의 모습은 상황에 따라 너무나 다른 인물의 구축이 이루어지고 있음을 알 수 있다. 또한 레이라 마루안느의 첫 번째 소설인 『카스바(성채)의 딸』에서 여주인공 아다는 가족이 신분상승을 위해 결정한 결혼을 통해 가족의 바람은 이루어지지만 종국에는 가족 공동체인 카스바(성채)의 딸이 아닌 다른 세상의 여자가 되어 버린다. 모순을 드러낸다. 『강탈자』를 통해 나타나는 여성은 남편에 의해 침묵을 이유로 이혼당하는 모습이며, 『위선자들의 징벌』에서도 마찬가지로 모순된 부부관계 속에서 희생되는 여성을 그리고 있다. 이외에 두 작품(『크리클랭』, 『파리에 거주하는 한 무슬림의 일상』)은 무슬림으로서의 차별과 정체성 혼돈에 대한 문제를 다루고 있지만 역시 여자 주인공을 등장시켜 관습에 따른 이분법적 경계를 주요 장치로 다뤄 치유와 정체성 찾기라는 핵심사항을 우리에게 전달하고 있다.

<〈2008년도 지중해 여성 소설 콩쿠르 수상작〉

## SELECTION DU JURY FRANÇAIS (프랑스 심사위원 선정작)
- "Le Masque de Nina" de PONS NELLY a reçu le prix d'encouragement
  (퐁 넬리의 "니나의 마스크")
- "Triptyque des tronches" de BLOT ELISE et "Se destiner ou être destiné?"
  de DIATTA KHADY HELENE ont reçu le prix du témoignage
  (디아타 카디 헬렌의 "스스로 운명 짓거나 혹은 운명 지워지거나?"와 블로 엘리즈
  의 "통나무 반입증")
- "Vers une ère nouvelle" de Nguyen Isabelle a reçu le prix d'encourage-
  ment (구엔 이자벨의 "새로운 시대를 향하여")

## SELECTION JURY BOSNIAQUE (보스니아 심사위원 선정 작품)
- "Mascarade" de Halilović Mirna a reçu le prix d'encouragement
  (할리로빅 미르나의 "가면 무도회")
- "Certains ont ôté leurs masques" de Sevleta Arnautović Osmanović a reçu
  le grand prix de la Méditerranée et le prix d'excellence
  (세브레타 아르노토빅의 "어떤 이들은 가면을 없애버린다")

## SELECTION JURY BULGARE (불가리 심사위원 선정 작품)
- "Voyage vers soi-même" de Svetla Raltcheva a reçu le prix d'encourage-
  ment (세브레타 랄체바의 "자신으로의 여행")
- "Poste restante" de Jeny Vesselinova et "Bonne nuit, les petits" de Anna
  Dimitrova ont reçu le prix d'excellence
  (쟝브 베셀리노바의 "국유치 우편"과 안나 디미트로바의 "잘자, 아이들")

**Les nouvelles en langue française sélectionnées : (프랑스어로 된 소설부문)**

## SELECTION JURY ALGERIEN (알제리 심사위원 선정 작품)
- "Le secret démasqué" de Mme Toubal a reçu le prix d'encouragement
  (마담 투발의 "탄로난 비밀")

- "Le masque de zorro : une femme dans le miroir du Carcinome" de Mme Saidi a reçu le prix du témoignage
  (마담 사이디의 "조로의 마스크 : 카르시놈의 거울 속 여성")
- "Masques de chair et femme de fer" de Mme Bougherra a reçu le prix d'excellence
  (마담 부제하의 "피부 마스크와 철의 여인")

**Les nouvelles en langue arabe sélectionnées :** (아랍어로 된 소설부문)
- "Le clown" de Mme Ben Derradj a reçu le prix d'encouragement
  (마담 벤 데라디의 "광대")
- "Les ailes du mirage" de Mme Malki a reçu le prix du témoignage
  (마담 말키의 "신기루의 날개")
- "Dévoilement, une nouvelle" de Mme Mahri a reçu le prix d'excellence
  (마담 마히의 "베일을 벗는 소식")

**Une nouvelle Egyptienne** (이집트 소설상)
- "Kaft" "Découverte" de Mme Hind Mustapha a reçu le prix d'excellence
  (마담 힌드 무스타파의 "카프트" "발견")

**SELECTION JURY KABYLE** (카빌 심사위원 선정 작품)
- "L'aventure de Tafat et Aghiles" de Nora Mahi a reçu le prix d'encouragement (노라 마히의 "타파트와 아질의 모험")
- "Ces jours là..." de Nadia Kab a reçu le prix d'excellence
  (나디아 카브의 "그날에...")

**SELECTION JURY MAROCAIN** (모로코 심사위원 선정 작품)
- "Côté pile, Coté face" de Nadri Nadia a reçu le prix d'encouragement
  (나드리 나디아의 "동전 앞·뒤면")
- "Chaabana" de Touria Skalli a reçu le prix d'excellence
  (투리아 스칼리의 "차바나")

# 3. 이슬람 여성의 인권에 대하여[10]

　　이슬람 지역은 그동안 인구의 폭발적 증가로 신화의 끝에 있다는 표현 속에 등장한다. 그동안 이슬람여성에게 부가되었던 차별이 이제는 평등의 위상으로 전환되고 있다는 의미다. 여성을 위한 건강과 교육정책이 진보하고 있고 특히 어린이와 여성의 영양부족 문제에서 야기된 경제와 위생의 문제는 상태 개선을 이뤄 건강과 교육을 정책으로 이끌어 내고 있는 것이다. 한 발 앞서 지역적인 편차는 있지만 여성들의 경제, 정치생활에서 위상을 갖추기 위해 노력하고 있다. 여성도 이제 직업을 갖는 경우와 정치적 책임에 대한 부분을 강력하게 요구하게 된 것이다.

### 인권, 차별적인 법

　　이슬람국가들은 국가의 헌법을 적용하는 것 외에 이슬람 법 체계인 샤리아(Charia)[11]를 채택하는 경우가 많다. 이는 각 부족사회의 고유 전통과 엄격한 종교적 근원에서 개인의 자유를 판단하는 것이다. 이에 여성에 대한 차별이 야기되었다. 남녀 성평등에 대한 이슬람국가의 법 조항을 보면 다음과 같다. 알제리의 경우는 29조에서 모든 시민은 법 앞에 평등하다고 언급한다. 출생, 인종, 성별, 의견, 모든 다른 조건, 개인적인 혹은 사회적인 상황을 이유로 어떠한 차별도 받아서는 안 된다는 점을 명시해 놓고 있다. 이집트는 40조에서 모든 시민은 법 앞에서 평등하다.

---

10) 3장은 프랑스 마르세유에 위치한 지중해 센터와 지중해 여성 포럼에서 2004년 3월에 발간한 <지중해이남의 여성 인권 보고서: 모로코, 알제리, 튀니지, 이집트, 요르단>의 내용을 참조하여 내용을 번역하여 발췌, 요약하였음. 출처: http://www.femmes-med.org

11) 이슬람의 근본적인 개념. 즉 이슬람력으로 2~3세기(A.D.8~9세기)에 체계화된 이슬람의 성법(聖法). 샤리아는 4가지 근원인 <코란>, 전승 혹은 <하디스>(언행록)에 기록된 마호메트의 순나(관습), 이즈마(공동체의 합의), 키야스(유추를 통한 추론법)에 의거함. 샤리아학으로 알려진 학문의 4 분야는 마호메트의 언행록 <하디스>, <코란>의 주석학(타프시르), 신학(칼람), 법학(피크)임. 샤리아는 근본적으로 서양의 법률과 달리 이론적으로 인간이 만든 것이라기 보다 신의 계시에 근거한 것임. 출처: 브리태니커 사전

성별, 민족, 출신, 언어의 차별 없이 공적인 권리와 의무를 갖는다. 요르단은 6조에서 요르단인은 법 앞에 평등하다. 인종, 언어, 종교에서 권리와 의무 간에 차별해서는 안 된다. 모로코는 5조에서 모든 모로코인은 법 앞에 평등하다. 튀니지는 6조에서 모든 시민들은 동일한 권리와 의무를 갖는다. 법 앞에서 평등하다. 헌법은 인간의 평등을 강조하고 있다. 또한 이슬람의 경전인 코란[12]에서 규정하고 있는 배우자와의 관계를 보면 평등과 마음속 깊은 친밀감으로 이루어져 하며 사랑, 열정, 상호존중, 친절이 결합된 정신적 물질적 안정성 추구이다. 보고서의 대상인 위의 나라들은 국제 협약에 따라 여성의 시각에서 볼때 있어왔던 모든 종류의 차별 철폐를 위한 협약들을 다음과 같이 개정했다.

〈국제 협약 비준 날짜〉[13]

|  | 시민, 정치권리에 대한 국제협약(1996.12.16) | 여성차별 철폐관련 협약 | 아동의 권리에 대한 협약 |
|---|---|---|---|
| 알제리 | 1968. 12. 10 | 1996. 5. 22 | 1993. 4. 16 |
| 이집트 | 1967. 8. 4 | 1981. 9. 18 | 1990. 7. 6 |
| 요르단 | 1972. 6. 30 | 1992. 7. 1 | 1991. 5. 24 |
| 모로코 | 1977. 1. 19 | 1993. 6. 22 | 1993. 6. 21 |
| 튀니지 | 1968. 4. 30 | 1985. 9. 20 | 1992. 1. 31 |

위의 도표를 보면 각 이슬람 국가의 시민에 대한 국제 협약은 비교적 빨리 적용한 것에 비해, 여성 차별과 아동에 관한 권리 협약은 상대적으로 뒤늦게 인식했음을

---

12) 이슬람의 경전으로 아랍어로 기록되어 있고 약 7만8천어의 분량을 가졌으며 〈신약 성경〉보다 조금 짧음. 가장 긴 것은 수십 페이지, 가장 짧은 것은 십여 글자뿐인 114장으로 되어 있음. 제1장은 신에게 바치는 경건한 짧은 기도와 말이며, 종교 의례 때 항상 암송하고 제1장 이외에는 모두 신에게서 나오는 말로 신은 직접 화법으로 말을 걸어 올 수도 있으며 "말하여 들려주어라"라고 하는 명령을 한 뒤, 거기에 이어지는 말을 사람들에게 선포하도록 할 때가 있음. 제9장을 제외한 각 장은 "자비롭고 자애스러운 신의 이름으로"라는 규칙적인 구절로 시작함. 출처: 브리태니커 사전
13) 〈지중해이남의 여성 인권 보고서: 모로코, 알제리, 튀니지, 이집트, 요르단〉
  출처: http://www.femmes-med.org p.34

알 수 있다.

  이와 같이 이슬람 여성의 위상을 알 수 있는 객관적인 자료인 보고서에 따르면 각 국의 헌법과 코란에는 남성과 여성을 차별하라는 구절이 단 한 곳도 없음에도 불구하고 여성의 실제 처한 상황과 권리에는 큰 차이가 있는 이유는 샤리아에 입각한 해석을 내린다는 점이다. 샤리아의 해석은 지역적인 격차에 따라 큰 폭으로 상이한 결과를 드러낸다. 시골과 도시의 인식과 경제 수준의 차이로 인해 여성의 권리를 이해하는 부분이 확연히 다르기 때문이다. 이는 현대 교육을 받게 되는 수효가 달라 생기는 차이로 교육의 부재와 빈곤으로 인한 시골 부족들에게는 국가의 헌법보다는 오랜 세월 지켜온 전통적인 사회 모델에 의존할 수밖에 없는 것이다. 물론 대부분의 나라들은 일부 부족들에게서 존재하는 악습을 처벌하기 위해 헌법에 구체적인 항목을 기재해 여성 차별을 없애고 있다. 모로코 헌법의 경우 2004년 국회에서 무다와나(Moudawana) 개혁 11개 항목을 수정했다.

1. 공동 책임: 가정은 특별히 아버지의 영향 하에 있는 것이 아니라 두 배우자 공동의 책임 하에 있다. 남자 배우자를 향한 여자 배우자의 복종은 사라진다.

2. 후견인: 여자는 더 이상 결혼을 위해 후견인이 필요하지 않다.

3. 결혼 연령: 이제부터 여성과 남성의 결혼 연령은 15세 대신에 18세이다.

4. 일부다처제: 일부다처제는 불가능하다. 여성은 남편으로부터 다른 배우자와 결혼을 하지 않을 거라는 동의서를 요구할 수 있다. 두 번째 부인과의 결혼은 이제부터 판사의 허락을 얻어야 된다.

5. 민법 결혼: 외국에서 이루어진 결혼은 두 명의 무슬림 증인이 있으면 인정받는다.

6. 내쫓김(소박): 이제부터 남편의 권한이 아니고 판사의 허락을 얻어야 한다.

7. 이혼: 여성은 이혼을 요구할 수 있다. 증인이 없어도 심의를 증명하지 않아도 가능하다.

8. 자녀 양육: 이혼할 경우 자녀 양육은 엄마에게 우선권이 있고 다음으로 아버지, 그 다음은 외할머니. 안정된 주거와 양육비가 보장되어야 한다.

9. 혼인 외 자녀: 혼인 외에 출생한 아이는 아버지가 거부하더라도 아버지의 자녀가 될 수 있는 권리가 있다.

10. 자녀 상속: 아버지 후손 계승뿐만 아니라 동일한 조건에서 엄마 후손으로 유산을 상속받을 수 있는 권리가 있다.

11. 재산 분할: 배우자들은 취득한 재산의 배분에 대해 결혼 전에 계약서를 작성할 수 있다.

오늘날 이슬람 사회는 우리가 외신을 통해 보듯이 여성을 억압하는 악습이 이슬람전통 내지는 종교에 기인한 것이 아니라 일부 부족들의 관습에서 나오는 행동들이며 이 또한 전통과 현대 사이의 해결책으로 개혁주의자들과 전통주의자들간 토론의 중심에 있다.

**결혼, 사회적 모델의 기초**

아랍-무슬림 가정의 대부분은 모든 분야에서 남성이 우세한 부계위주의 개념으로 널리 알려져 있다. 여성들은 남성이 수장인 그룹에 속해있고 누구의 딸로, 결혼을 하면 누구의 아내로 규정되는 것이다. 여성들은 출생에서 죽음까지 아버지, 남편, 아들, 남자형제, 아버지형제의 보호아래 삶의 모든 행위와 사건들을 맞는다. 사적인 분야에서 남성의 절대적인 우위는 가정을 넘어 사회로의 공적인 삶으로까지 이어진다. 생물학적인 의미인 생산자로서의 역할인 엄마는 사회적인 관점에서 교육을 받는 여성일지라도 가정 명예에 대한 책임이 있다.

이슬람 사회에서 명예란 젊은 여성의 혼전 순결, 배우자에 대한 충실, 과부와 이혼한 여성의 정절을 의미한다. 가족의 명예 생산자이자 수호자로서의 책임을 갖는 여성들은 수많은 의무감을 짊어져야 하며 반면 적은 권리가 부여된다. 법의 개인적인 부분에서는 남성 권위에 여성이 종속되고 의존적인 관계를 나타내고 있다. 옛날부터 내려온 사회에서 힘의 원리로 우세했던 성역할의 분배에 따른 것이다. 여성은 아이들을 생산하고 남성은 가정에서 법을 집행한다. 가정의 수장으로서의 기능은 남성에게 있는 것이다.

법과 의무를 이행하는 가족 관계에서 보면 여성의 복종, 일, 이동에 관한 자유를 언급할 수 있다. 여배우자는 남편에게 절대적으로 복종해야 한다. 보고서에 기재된 이슬람 국가 중 유일하게 튀니지는 1993년에 복종의무가 삭제되고 상호 존중의무로 대체되었다. 또한 남편의 허락 없이는 집밖에서 일을 할 수 없으며 여권을 만들 수도 없다. 역설적으로 요르단의 18세 이상 여성은 후견인의 허락 없이도 여권을 신청할 수 있으나 결혼한 여성은 이러한 자유가 없다. 모로코에서는 이러한 조항이 1994년에 폐지되었다. 반면 이집트는 여권을 갱신하거나 여행을 할 때 남편이 적어주는 허가증을 가지고 있어야 한다.

여성에 대한 법 적용기준은 샤리아에 의존하기 때문에 일어나는 일 중 지참금 제도가 악습으로 남아 있다. 알제리, 모로코, 튀니지에서는 결혼 계약서에 결혼 지참금을 명시해야 한다. 소박이나 이혼할 경우 여성은 결혼 계약서에 적혀있는 금액의 절반을 가질 권리가 있다. 다음으로, 아이들 보호와 양육, 자녀 교육은 배우자들의 협조를 밝히고는 있으나 가족에서의 결정권자는 아버지이며 자동적으로 아이들의 후견인이 된다. 법 조항들은 자녀의 양육과 교육에 있어 하다나(hadana)[14]와 윌라야(wilaya)[15]로 구분하고 있다. 하다나는 어린이 보호를 의미하는데 여성들이 주로 양육을 담당한다. 윌라야는 재산권 행사 및 아이의 삶에 관한 결정권을 가질 수 있는 법적인 지위를 말한다. 양육하고 돌보는 것을 넘어 하다나에서는 아이를 아버

---

14) 아랍어로 '어린이 보호'를 의미하며 보호자가 어린이를 보호하고 정서적인 교육을 위해서 보호자의 심장과 어린이의 심장을 최대한 가깝게 유지하라는 뜻임. 출처: 브리태니커 사전
15) 아랍어 '왈리야'('다스리다'라는 뜻)에서 유래됨. 출처: 브리태니커 사전

지의 종교안에서 교육할 의무를 지니며 그 범위는 교육과 취학을 포함한다. 아버지의 종교는 부모가 이혼했을 시 자녀 양육권의 결정적인 요소가 된다. 반면, 월라야는 제3자의 조정 가능성 없이 완벽한 권리를 행사할 수 있다.

이에 앞서 남성과 여성 간의 계약인 결혼은 두 측의 상호 합의하에 이루어진다. 그러나 국가의 법체계와 실행되는 가족법이 달라 적용의 어려움이 있다. 결혼에서도 후견인(왈리 wali)의 효력이 필수적이다. 지참금 지급과 두 명의 증인이 전제되어야 결혼이 이루어지듯이 여성은 반드시 후견인이 있어야 된다는 점이다. 가족에 의해 정해진 혼사에서 처녀의 아버지는 결혼을 반대할 수 있다. 결혼 후견인은 무슬림 남성이어야 되고 미래 신부의 안정된 정신을 위해 필요한 것으로 규정하고 있다. 후견인의 승낙은 미성년 처녀에게는 필수적이며 첫 결혼은 신부의 나이와 무관하게 필수적으로 갖추어야 되는 요소다. 무슬림이 모든 생활의 기준으로 삼고 있는 코란과 하디스에도 없는 결혼 후견인 제도는 여러 부족들의 자의적인 해석에 의해 강제적인 요소가 되었던 것이다. 오늘날은 판사가 어떤 경우에서는 왈리를 대신할 수 있다.

결혼을 위한 합법적 연령이 존재하는 것은 조혼을 공식적으로 금지하기 위해서다. 신랑의 최소 연령은 요르단에서 16세, 이집트에서 18세, 모로코에서 18세, 튀니지에서 20세, 알제리에서 21세다. 신부의 최소 연령은 요르단에서 15세, 이집트에서 16세, 튀니지에서 17세, 알제리에서 18세다. 모로코에서는 2003년부터 신부의 결혼 연령을 15세에서 18세로 연장하였다. 역시 이슬람 경전으로 존중받는 코란이나 하디스에서는 신랑, 신부의 최소 연령을 제시하고 있지 않다. 결혼 연령은 법에서 다루는 문제인 것임에도 일부 부족에서는 너무 어린 신부들이 강제로 나이 차이가 많이 나는 족내혼의 희생양이 되기도 한다. 사라져가고는 있지만 여전히 존재하는 족내혼은 여성들의 후견인이 결혼을 강요할 수 있고 특히 조혼에 대해 제한을 갖지 않는다는 점 때문에 발생한다.

이슬람의 결혼에서는 비무슬림과의 결혼이 금지되어 있기 때문에 족내혼이 관습으로 전해져 왔다고 볼 수 있다. 가족에 의해 조정된 결혼에 있어서 족내혼은 1980년대에는 실행되었었지만 현대사회에서 여성의 교육수준이 높아지고 무슬림 부계 친족에서 추천하는 배우자와의 결혼이 줄어들면서 족내혼도 점차적으로 줄어들고 있다.

이슬람의 결혼에서 악습 중의 하나인 일부다처제의 다양한 형태는 전통적인 사회에서 이어져왔다. 이슬람에서의 폴리가미 형태는 한 명의 부인과 여러 명의 남편 간의 결혼, 혹은 여러 명의 부인과 여러 명의 남편으로 구성된 결혼은 드물고, 한 명의 남편과 여러 명의 부인을 두는 결혼이 존재한다. 일부다처제는 아랍문화 혹은 무슬림에게만 있는 관습은 아니다. 미국의 몰몬교처럼 서양 사회에서도 존재하고 있는 방식이다. 일부일처제가 이슬람에서 일반적인 규칙인 반면 일부다처제는 샤리아(Charia)에 의해 허용되고 있는 부분이다. 이슬람 국가 중에 튀니지는 이를 금지하고 있고 감옥행이나 벌금을 물고 있다.

결혼 관계의 와해에 있어 그 책임은 여성에게 있다. 가족과 사회의 기본 단위인 결혼은 여성들에게 차별적인 요소가 있는데 결혼을 끝내는 결정은 남성의 권리이기 때문이다. 일방적인 내쫓김인 소박이나 이혼은 남성이 그 절차를 밟는다. 이혼 시 자녀와의 관계에 있어서도 매우 불리한 결과를 갖는다. 남편의 일방적인 결정인 소박의 형태는 여러 가지가 있다. 소박 혹은 딸락(talaq)은 남편이 외치는 것으로 이혼이 결정된다. 법적인 이혼만이 존재하는 튀니지에서는 금지된 방식이다. 알제리, 이집트, 요르단에서는 아직 딸락이 남아 있다. 이혼시 남편은 부인이 법적으로 보호받을 수 있는 이혼 금지 기간인 이다(iddah)[16]를 기다려야 한다. 전 배우자와의 새로운 결혼이 체결될 수 있기 때문이다.

여성이 이혼을 요구하는 경우는 그 결과가 매우 힘겨운데 이집트에서는 부부 폭력으로 이혼을 요구할 경우 평균적으로 5년 후에야 실행된다. 이러한 오랜 절차는 어려운 현실을 가중시키고 때론 여성을 죽음으로 내몰기도 한다. 다음으로, 쿨라(kula)에 의한 이혼이 있는데, 쿨라는 여성에게 재정적인 보상을 해주고 이혼을 할 수 있는 것이다. 여성의 입장에서는 지참금을 돌려받아야 하므로 이혼을 해주는 대신으로 배우자로부터 재정적인 보상을 받는 형태이다. 요르단에서는 2003년에 쿨라에 의한 이혼을 폐지한 바 있다.

위와 같이 남성이 결정하는 이혼과 소박은 여성들에게 종종 무거운 결과를 가져오는 형벌이 되기도 한다.

### 여성 폭력, 명예 살인

현대 이슬람사회에서도 가정과 사회에서 남성과 여성의 불평등 관계를 법적으로 다루려는 경향이 있다. 여성 인권 보호를 위한 국제적 연대에 힘입어 이슬람 국가들은 기존의 불평등을 축소하는 정책이 제기되고 있는 것이다. 이러한 사회모델은 남성에게 사적인 공적인 모든 영역에 절대적인 우위를 제공하고 있는 현실과 남성에게 관대한 법 항목을 통해 여성을 가정과 사회에서 희생자로 만든 것을 해결하려는 데 있다. 여성 폭력은 공공연한 사실이며 정치, 법, 사회적인 조치를 취하는 것이 극도로 어려울 정도다. 국제적인 차원에서 이뤄진 1993년 국제인권회의는 여성과 소녀들의 기본권을 만국 공통법과 분리시키지 않고 통합 적용해야하며 여성 폭력은 보편적인 인간의 권리를 침해하는 행동임을 분명히 했다. UN은 이를 채택하여 여성 폭력 금지안을 채택하기에 이른다.

---

16) 이슬람교도 과부나 이혼녀가 합법적으로 재혼하기 전에 경과해야 하는 일정한 기간. <코란>(2:228)에서는 월경을 하는 여성은 새로운 결혼을 계약하기 전에 3개월을 기다려야 하고, 월경을 하지 않는 여성은 음력으로 3개월간 결혼을 미루도록 규정하고 있음. 과부의 유예기간은 4개월 10일임. 이러한 명문 규정은 부부가 헤어지거나 남편이 죽기 직전에 임신이 되었을 경우에 발생할 수 있는 부자관계에 관한 시비를 없애기 위함임. 만일 여성이 이혼하거나 헤어지기 전 임신했다면 그 아이의 출생 후에 재혼할 수 있음. 따라서 그 아이의 진짜 아버지가 법적인 아버지가 됨. 부부가 이혼할 경우 이다는 재결합할 수 있는 기회를 제공할 뿐 아니라 임신여부에 관한 모든 의혹이 없어지기를 기다리는 기간까지는 어떤 재결합도 이루어지지 못하게 하는 것임.

이슬람 사회에서 여성에게 가해지는 폭력과 차별을 공적인 문제로 인식하여 공권력을 투입한다는 것은 어려운 일이다. 남성과 여성의 평등에 관한 문제제기는 20세기 후반에 와서야 법적, 정치적으로 인식하기 시작했다. 집 바깥에서의 신체적, 성적으로 가해지는 폭력에 희생되는 여성은 보호받는 것이 아니라 명예를 저버리는 행동을 유발한 것으로 인식된다. 또한 배우자에 의한 모욕과 폭력은 아버지에게 혼나는 딸처럼 남편의 화를 돋운 결과라는 인식이 지배적이었다. 가정은 폭력의 출발점이다. 폭력의 희생자들은 가정에서 혹은 집 바깥에서 존재하지만 공적으로 표현하고 드러내는 것에는 한계가 있었다. 이러한 어려움 때문에 폭력의 상황이 일상적이고 지속적으로 변모했으며 경찰공권력으로 해결될 수 없는 상황까지 갔다. 특히 가정폭력이 다른 형태의 폭력보다 더 어렵다. 더군다나 이슬람 사회에서 명예에 대한 범죄(les crimes d'honneur)는 요르단, 이집트를 비롯한 많은 이슬람 여성들을 죽음으로 내몰고 있는 사안이다. 여성의 사회적 제약을 위한 기초적인 매커니즘으로 남성은 폭력을 행하기도 한다. 여성들은 가정, 사회, 부족이라는 그룹에 속해 있고 아버지, 남자형제, 남편, 아들이라는 남성과의 관계속에서 규정지어지기 때문이다. 따라서 가족의 명예는 여성들의 행동에 기반을 두고 있는 것이다. 이러한 명예의 책임자는 남성이므로 가족의 명예를 실추시켰을 때는 여성을 제거할 수 있는 것이다.

2001년 세계 통계[17]에 따르면 매일 4명의 여성이 남편에 의해 죽임을 당하고 10분마다 매 맞는 아내가 생긴다고 한다. 이슬람의 부족사회는 가정이라는 공간으로 닫혀져 있으며 남성의 권위에 의해서 이루어진다. 가장은 집의 여자들에게 모든 권력을 가지게 되는 것이다. 여성에 대한 폭력은 공공 의료의 문제만이 아니라 다차원의 복잡한 부분이 있다. 의학, 사회, 법적인 차원으로 여성인권 협회 등과 협력해

---

17) L'Économiste, 2001 http://www.leconomiste.com/dossiers/dossier.html
&lt;Situation des Femmes au Sud de la Méditerranée&gt;. p.79 재인용

야하는 문제이다. 이슬람 가정에서 여성에게 가해지는 폭력 중 강제 성행위는 신체적인 폭력의 출발점이 되는 경향이 있다. 아내 구타의 이유로는 배우자로서의 의무를 다하지 않았을 때, 특히 모욕을 줬을때와 다른 남성과 대화를 했을 때로 아내의 거부는 남편에게 모욕감을 준다고 생각하기 때문에 구타의 원인이 된다고 보는 것이다.

이슬람사회에서 소녀와 젊은 여성의 처녀성은 향후 결혼을 할 수 있게 해주는 필수적이자 중요한 가치를 갖고 있다. 의사들은 종종 강간을 염두해두고 침묵으로 처녀막의 존재유무를 기입하는 처녀 증명서를 적어주기도 한다. 경찰에서는 이러한 문제를 가정의 문제로 치부하여 고소 없이 해결하려고 하기 때문에 여성이 희생자임을 드러내기가 쉽지 않다. 모로코에서는 부부 폭력이 죄로 성립되기 위해서는 최소한 두 명의 남성 증인이 있어야 하기 때문에 증명하기가 굉장히 어려운 일이다. 이집트에서도 남성 증인을 출석시켜야 한다. 결국 가정의 명예와 관련하여 집안의 남성이 부인과 여성 가족원을 교정시킬 수 있고 명예를 회복하기 위해 살인을 하기에 이른다.

한편, 이슬람 부족사회의 악습 중 여성 할례는 사라져야 하는 과거의 악습이다. 물론 국제보건기구에서 아동보호법의 일환으로 1990년 7월 협정을 통해 사라져가는 악습이기는 하나 일부 아프리카 마을의 부족에서는 실행되고 있다. 매년 어린 소녀들이 과다출혈로 사망하기도 한다. 마취 없이 이루어지고 심리적인 트라우마에 대한 치료 없이 여성들은 일생을 살아간다. 이러한 악습은 이슬람에서만 국한된 것은 아니다. 일부 이슬람, 이디오피아 유대인, 이집트 기독교, 아프리카의 일부 영혼 신봉자들에게서 이루어지는 일이다. 반면, 전체 아랍과 이슬람에서는 행해지지 않는다고 한다.

여성에게 가해지는 최후의 형벌로 명예 살인을 언급하고 있다. 2003년 8월 중순 요르단에서 16세 소녀의 시신이 발견되었는데 희생자의 아버지와 남자형제가 자백을 했다. 비도덕적인 행위에 대한 단죄라는 것이다. 소녀는 여러 남자들을 만났고 지난달에는 두 차례 집을 들어오지 않았다는 이유다. 이런 사건은 극단적인 폭력으로 가정의 명예와 관련이 있다. 여성에게 가해지는 최후의 처벌인 이 명예 살인은 여성의 단정치 못한 행동에 대해 가족 구성원에 의해 이루어지는 여성 살인이다. 여전히 많은 나라에서 행해지고 있는 악습이다. 파키스탄 법학자이자 UN특별기고가인 아스마 자하지르에 따르면 매년 명예를 이유로 여성들이 5,000명이나 살해되고 있다고 한다. 그러나 공식적인 수치일 뿐 여성 희생자들의 수를 정확하게 헤아리기 어려운 실정이다. 왜냐하면 그들은 자살이나 사고로 위장되기 때문이다. 화상 혹은 가정내 사고로 알려지고 가해자의 극소수만 체포되고 기소된다. 이슬람 사회에서 명예 범죄(les crimes d'honneur)는 희생자의 행위에 의해 유발된다는 측면을 강조하고 있다. 명예란 살인자들의 변론에 기인하며 아랍-무슬림 국가들에서 중요한 개념이다. 개념 정의를 보면 샤라프(sharaf)와 이르드(ird)를 구별해야 하는데, 샤라프는 사회전체의 명예로 번역될 수 있고 너그러움, 환대, 용기 있는 행동을 뜻하며 서양에서 품위, 품격에 해당하는 단어다. 반면 이르드는 예외적으로 여성에게 부과하는 명예로 행위의 결과에 따라 단계를 둘 수 있는데 남성들에 의해 고유한 가치나 지배 그룹에 따라 정의되는 규범을 뜻한다. 이르드는 일반적으로 여성성, 여성의 성욕, 젊은 여성의 혼전 순결, 배우자의 정절, 과부와 이혼한 여성의 정절까지 범위로 둔다. 이러한 사회적인 규범에 벗어난 모든 행동들은 처벌의 대상이 되고 죽음까지 가는 것이다. 요르단에서는 명예범죄에서 여성들을 구하기 위하여 여성을 감옥에 보내는 해결책을 내세우기도 한다. 수옥생활은 몇 달에서 몇 년까지 이루어진다. 안전을 보장받기 때문에 여성들은 선호하는 편이다. 살해 위협을 받는 여성들을 보호해주는 역할을 한다고 하지만 아버지의 허락 없이는 감옥을 떠날 수 없기 때문에 이 또한 전적으로 여성을 위하는 정책이라고 볼 수는 없다. 명예 범죄와 관련하여 정확한 통계를 낼 수는 없지만 희생자의 절반 이상이 18세에서 29세 미만의 젊은 여성이고 아버지, 남자형제, 남편에 의해 죽임을 당했다. 의사, 사회학자, 정신과 의사 등으로 구성된 전문가 그룹이 평가하길 미혼 여성의 처녀성, 가족의 여성구성원의 명예를 유일한 가치로 더욱 집착하는 사회적 그룹은 대부분 궁핍한 가정이거나 분쟁, 망명 등 안정적이지 못한 가정인 경우가 많았다. 남성들은 그들의 삶과 사회 환경에서 주도권을 잡기가 어렵고 자신감을 잃게 되므로 가정에서 더욱 여성들의 명예에 집착하는 유형으로 나타난다고 본다. 가족의 명예는 남성들에 의해 규정되고 여성들의 순수성은 남성들에 의해 판단되는 것이다.